AF204084

Tucholsky Wagner Zola Scott Sydow Freud Schlegel
Turgenev Wallace Fonatne

Twain Walther von der Vogelweide Fouqué Friedrich II. von Preußen
Weber Freiligrath

Fechner Fichte Weiße Rose von Fallersleben Kant Ernst Frey
Richthofen Frommel

Engels Fielding Hölderlin
Fehrs Faber Flaubert Eichendorff Tacitus Dumas

Feuerbach Maximilian I. von Habsburg Fock Eliasberg Zweig Ebner Eschenbach
Ewald Eliot Vergil

Goethe Elisabeth von Österreich London
Mendelssohn Balzac Shakespeare Dostojewski Ganghofer
Trackl Lichtenberg Rathenau Doyle Gjellerup
Stevenson Tolstoi Hambruch
Mommsen Thoma Lenz Hanrieder Droste-Hülshoff
Dach Verne von Arnim Hägele Hauff Humboldt
Karrillon Reuter Rousseau Hagen Hauptmann Gautier
Garschin

Damaschke Defoe Hebbel Baudelaire
Descartes Hegel Kussmaul Herder
Wolfram von Eschenbach Dickens Schopenhauer Rilke George
Bronner Darwin Melville Grimm Jerome
Campe Horváth Aristoteles Bebel Proust
Bismarck Vigny Voltaire Federer Herodot
Gengenbach Barlach Heine
Storm Casanova Tersteegen Grillparzer Georgy
Chamberlain Lessing Langbein Gilm Gryphius
Brentano Schiller Lafontaine
Strachwitz Claudius Kralik Iffland Sokrates
Katharina II. von Rußland Bellamy Schilling
Gerstäcker Raabe Gibbon Tschechow
Löns Hesse Hoffmann Gogol Wilde Vulpius
Luther Heym Hofmannsthal Gleim
Roth Klee Hölty Morgenstern Goedicke
Luxemburg Heyse Klopstock Puschkin Homer Kleist Mörike
La Roche Horaz Musil
Machiavelli Kierkegaard Kraft Kraus
Navarra Aurel Musset
Nestroy Marie de France Lamprecht Kind Kirchhoff Hugo Moltke
Nietzsche Nansen Laotse Ipsen Liebknecht
Marx Lassalle Gorki Ringelnatz
von Ossietzky May Klett Leibniz
vom Stein Lawrence Irving
Petalozzi Platon Knigge
Sachs Pückler Michelangelo Kafka
Poe Liebermann Kock
de Sade Praetorius Mistral Zetkin Korolenko

Münchhausen und Clarissa

Ein Berliner Roman

Paul Scheerbart

Impressum

Autor: Paul Scheerbart
Umschlagkonzept: toepferschumann, Berlin

Verlag: tredition GmbH, Hamburg
ISBN: 978-3-8424-1393-1
Printed in Germany

Ziel der TREDITION CLASSICS ist es, tausende deutsch- und
fremdsprachige Klassiker wieder in Buchform verfügbar zu
machen. Die Werke wurden eingescannt und digitalisiert. Dadurch
können etwaige Fehler nicht komplett ausgeschlossen werden.
Unsere Kooperationspartner und wir von tredition versuchen, die
Werke bestmöglich zu bearbeiten. Sollten Sie trotzdem einen Fehler
finden, bitten wir diesen zu entschuldigen. Die Rechtschreibung der
Originalausgabe wurde unverändert übernommen. Daher können
sich hinsichtlich der Schreibweise Widersprüche zu der heutigen
Rechtschreibung ergeben.

Das Vorspiel

Die Sonne ging unter. Ganz rot sah sie aus. Und der Schnee auf der Erde wurde so rot wie die Sonne.

Und die Gräfin Clarissa vom Rabenstein, die vor ihrem großen Spiegel saß und über ihre Zukunft nachdachte, wurde auch so rot wie die Sonne.

Es war der zehnte Januar des Jahres eintausendneunhundertundfünf. Vom Fenster der Gräfin aus konnte man den ganzen Wannsee übersehen. Der Wannsee war gefroren. Aber wenn auch ringsum im Berliner Grunewald sehr viel Schnee auf den Bäumen und auf der Erde lag, auf der Eisdecke des Wannsees lag kein Schnee.

Die unzähligen Farben des Sonnenuntergangs spiegelten sich auf dem spiegelglatten Eise in vielen dunkleren Tönen und so fein zusammengezogen, daß die Gräfin Clarissa, die es sah, an tausend Märchenschlösser dachte und entzückt ausrief:

»Marianne! Kommen Sie schnell! Sehen Sie den See! Der ist köstlicher als Perlmutter – nicht wahr? Der See gehört zu einem Märchenschloß. Hier kann man vergessen, daß man in Berlin wohnt.«

Die Kammerzofe kam und sah und sagte:

»Wenn das der *alte* Herr Baron von Münchhausen sehen könnte!«

»Aber, Marianne«, sagte lachend die Gräfin, »wie wäre das möglich? Der alte Herr lebt doch nicht mehr.«

Die Gräfin wandte dem großen Spiegel des Sees den Rücken zu und sah in den großen Spiegel ihres Zimmers und dann zu dem Bilde, das über diesem Spiegel hing, hinauf.

Auf diesem Bilde war der *alte* Münchhausen zu sehen – wie er auf einer Kugel ritt – hoch oben in der Luft – mit fliegendem Zopf.

»Es ist traurig, Marianne«, sagte die Gräfin, »daß wir heute mit unsern Zeitgenossen so unzufrieden sind. Im vorigen Jahrhundert sind so viele Dinge umgekrempelt worden. Aber die Menschen selber sind nicht umgekrempelt worden. Und so passen alle Menschen eigentlich nicht in unsre Zeit hinein. Der *alte* Münchhausen müßte kommen und die Menschen umkrempeln. Wenn der *alte*

Baron heute leben würde, dann würde er nur noch auf Dynamitbomben reiten!«

»Wie sich doch die Zeiten ändern!« sagte die Marianne tiefsinnig.

Nach diesen Worten ertönte die große Hausglocke, und die Marianne ging hinaus, um zu hören, wer da kam.

Die Gräfin Clarissa blieb allein in ihrem Zimmer und blickte in den Eisspiegel des Wannsees hinein, auf dem die Farben immer dunkler wurden.

»Wer kann«, fragte sie leise, »jetzt zu uns kommen? Wir müssen doch gleich Mittag essen.«

Die Gräfin hatte ein sehr regelmäßiges Gesicht, einen sehr schmalen Nasenrücken und sehr hoch geschwungene goldbraune Augenbrauen und ruhige braune Augen.

»Jetzt bin ich schon achtzehn Jahre alt!« sagte sie leise und blickte dabei in ihrem Zimmer umher und horchte; in ihrem Zimmer waren alle Möbel fein geschnitzt – die Schnitzereien stellten seltsame Blumen dar, die es auf der Erde nicht gibt. Auch über die Wände rankten sich die seltsamen geschnitzten Blumen. Über die Decke des Zimmers war dunkelblauer Sammet gespannt, und ein dunkelblauer Sammetstoff bedeckte auch den Fußboden. Außer dem Bilde mit dem auf der Kanonenkugel reitenden Münchhausen gabs keinen Bildschmuck im Zimmer.

Unten im Arbeitszimmer des alten Grafen hörte man ein paar Türen hastig auf- und zumachen, die Farben auf dem See wurden ganz dunkel, Sterne wurden im Abendhimmel sichtbar, und die Gräfin Clarissa beugte sich weit nach vorn und lauschte.

Die Marianne hatte währenddem unten vor einer Türe des Empfangszimmers gehört, wie der Diener ehrfurchtsvoll nach dem Namen des Besuchers fragte, und dieser erwiderte mit ganz ruhiger tiefer Stimme:

»Ich bin der *alte* Baron Münchhausen.«

Als das die Marianne hörte, rannte sie schnurstracks zur Gräfin Clarissa hinauf und rief leise mit herumfuchtelnden Händen:

»Er ist es! Er ist es!«

Die Gräfin fragte:

»Wer denn«?

Und da sagte die Marianne zitternd:

»Der *alte* Baron Münchhausen! Der da!«

Und sie zeigte auf das Kugelbild über dem Spiegel der Gräfin.

Die Clarissa lachte darauf, daß es schallte, und flüsterte dann leise:

»Marianne! Marianne! Dir rappelt es schon.«

Aber die Marianne sagte:

»Wir wollen horchen. Der Baron ist im Arbeitszimmer des gnädigen Herrn. Auf der Galerie ist die Türe, die zum Harmonium führt, offen. Wenn wir also leise auf den Zehen zum Harmonium gehen, so hören wir Alles. Bitte, gnädigste Gräfin, nur das Taschentuch vor dem Munde. Bei Hustenanfall ziehen wir uns zurück. Ich gehe voran.«

Und sie ging voran, und die Gräfin Clarissa folgte – beide mit dem Taschentuch vor dem Munde. Und hinter dem Harmonium setzten sie sich auf zwei Kissen, die da auf dem Fußboden lagen.

Unten im Arbeitszimmer sprach der alte Graf Adolf vom Rabenstein:

»Aber, Herr Baron, daß Sie mich zuerst mit Ihrem Besuche beehren, das ist mir eine große Herzensfreude. Was wird nur die Welt sagen, wenn sie hört, daß Sie wirklich noch leben! Das ist ja das größte Naturereignis unsrer Zeit. Also: einhundertundachtzig Jahre sind Sie alt, Herr Baron? Das sieht man Ihnen noch nicht an. Meine Tochter Clarissa ist grade erst achtzehn Jahre alt.«

Hierzu erwiderte der Baron mit seiner ruhigen tiefen Stimme:

»Herr Graf, wenn Sie der Meinung sind, daß mein Erscheinen in Europa ein großes Aufsehen erregen könnte, so irren Sie sich doch. Ich bin jetzt gute vier Wochen in Europa und habe die Europäer besser kennengelernt; die sind nicht so leicht aus dem Texte zu bringen. Wenn Alexander der Große plötzlich in Berlin erscheinen würde, so könnte man auch nur überall hören: Ach so! Alexander,

der in Indien war! Und so wird man von mir auch nur sagen: Ach so! Münchhausen, der auf den Südseeinseln war! Ja, Herr Graf, Effekt machen – ist heutzutage sehr schwer.«

»Aber, Herr Baron!« rief da laut der alte Graf vom Rabenstein, »so schlecht dürfen Sie doch nicht von den Europäern denken. So lethargisch ist man hier doch noch nicht geworden.«

»Herr Graf«, sprach da der Baron ganz ernsthaft, »Sie sind ein alter Herr und leben nicht im Volke – Sie leben mehr in Ihrer köstlichen Villa – da haben Sie natürlich noch gar keine richtige Vorstellung von dem bellenden Stumpfsinn, der heute in Europa herrscht. Man könnte sich ja über all die maulaufsperrende Idiotie einfach schwach lachen – man müßte sich aber auch angegähnt vorkommen. Jedenfalls muß ich sofort mit meinem Automobilschlitten nach Potsdam fahren. Entschuldigen Sie mich, Herr Graf, daß ichs so eilig habe.«

Der Baron stand auf und reichte dem Grafen seine dunkelbraune Rechte, aber der Herr vom Rabenstein rief heftig:

»Halt, Herr Baron! So lasse ich Sie nicht fort. Ich hörte soeben, daß Sie auf den Südseeinseln waren. Ich lade eine kleine Gesellschaft ein – und Sie erzählen uns was.«

»Von den Südseeinseln«, versetzte Münchhausen, »können Ihnen andre Leute was erzählen. Wie wärs aber, wenn ich Ihnen von der letzten Weltausstellung in Melbourne erzählen möchte?«

»Entzückend! Großartig!« rief der Herr vom Rabenstein, »was Sie uns auch erzählen mögen – Sie werden hier begeisterte Zuhörer finden.«

»Indessen«, fuhr nun Münchhausen fort, »um Ihnen das zu erzählen, was ich Ihnen von der Weltausstellung in Melbourne erzählen möchte, dazu brauche ich mindestens sieben Tage – eine ganze Woche.«

»Köstlich! Wundervoll!« rief der Herr vom Rabenstein wieder, »Sie finden hier Zuhörer und Zuhörerinnen, die Ihnen ganz bestimmt sieben Jahre zuhören würden – davon können Sie wirklich überzeugt sein.«

Der Baron lächelte und sagte leise:

»Na, ja. Heute ist Dienstag. In Potsdam muß ich mehrere Tage bleiben. Doch nächsten Montag, den sechzehnten Januar des Jahres eintausendneunhundertundfünf werde ich pünktlich abends um sieben Uhr wieder hier sein. Empfehlen Sie mich den Ihrigen. Ich lasse die Damen um Entschuldigung bitten, daß ich mich ihnen heute noch nicht vorstellen ließ – aber ich habs eilig, da ich heute noch nach Potsdam muß.«

Und die beiden Herren verließen darauf das Arbeitszimmer, und die Gräfin Clarissa saß oben hinter dem Harmonium und weinte immerzu – und ihre Kammerzofe Marianne weinte ebenfalls. Und sie sprachen dabei nicht ein einziges Wort.

Der Baron Münchhausen setzte sich währenddem in sein Schlitten-Automobil, dessen Konstruktion er dem Grafen vom Rabenstein folgendermaßen erklärt hatte:

»Natürlich«, sagte er, »sind auch Räder gewöhnlicher Art unter meinem Automobil, außerdem aber befindet sich unten in der Mitte ein Stachelrad, das in Tätigkeit kommt, sobald die Räder raufgezogen sind und die Eisenschienen den Schneeboden berühren.«

»Ich begreife!« hatte der Graf gesagt.

Und danach hatten sich die beiden Herren getrennt.

Als nun der alte Graf wieder sein Arbeitszimmer betrat, erschien der Oberkoch und meldete, daß das Mittagessen fertig sei.

Kaum aber hatte der Oberkoch ausgesprochen, so stürmte auf der Wendeltreppe, die vom Harmonium herunterführt, die junge Gräfin Clarissa herunter und rief mit schallender Stimme:

»Oberkoch! Wie können Sie in diesem erhabenen Raume, in dem soeben der erhabenste Geist aller Zeiten geredet hat, so triviale Worte wie ›Mittagessen‹ aussprechen? Merken Sie sich dieses: im Hause des Grafen vom Rabenstein wird in sechs Tagen kein einziger Happen gegessen. Wer sich Zeit zum Essen läßt, wird sofort entlassen. Geschlafen wird auch nicht mehr. Wir wollen den Baron Münchhausen nächsten Montag würdig empfangen und haben sämtlich alle Hände voll zu tun, um unsre Vorbereitungen zu treffen. Sprechen Sie nie mehr ein Wort vom Essen! Entfernen Sie sich, Herr Oberkoch!«

Der Herr Oberkoch stürzte hinaus und rannte in die Küche und flüsterte da zu seinem Personal:

»Kinder, die Gräfin Clarissa hat soeben den Verstand verloren; sie will sechs Tage und sechs Nächte hindurch fasten – und wir sollen das Fasten mitmachen.«

Er stürzte sich nach diesen Worten auf ein gebratenes Huhn und verzehrte es mit solchem Ingrimm, daß das Knochenknacken auf dem Hofe zu hören war – sodaß die großen Hunde immer näher kamen und ganz erstaunt aufhorchten; die Hunde glaubten, es wäre ein neuer Hund angekommen, da nach ihrer Meinung nur einer von ihrer Art so Knochen knacken könnte.

Zur selben Zeit lag aber die Gräfin Clarissa in den Armen ihres Vaters und lachte und weinte und redete immerzu:

»Väterchen«, sagte sie schließlich, »ich hab das heute beim Sonnenuntergange schon geahnt. Und denke Dir nur: ich habe mich natürlich oben geschämt, daß ich horchte. Aber deswegen habe ich den alten Herrn auch nicht gesehen. Nur seine Stimme habe ich gehört. Du aber hast ihn gesehen. Wie sieht er denn aus? Oh – erzähl mir das doch! Und wen wollen wir einladen? Und wie wollen wir unser Haus schmücken? Väterchen, ich glaube, ich bin ein bißchen toll geworden. Ich weiß nicht mehr, wo mir der Kopf steht.«

»Aber Kinder«, rief da die alte Gräfin Adolfine vom Rabenstein, »wollt Ihr denn nicht zum Essen kommen?«

Da stürzte die junge Gräfin Clarissa in die Arme ihrer Mutter.

Und es dauerte wohl eine gute Stunde, bis sich Alle so weit beruhigt hatten, daß sie sich zum Mittagessen niedersetzen konnten.

Da atmete der Oberkoch erleichtert auf.

Nach dem Mittagessen erklärte die alte Gräfin Adolfine das Folgende:

»Wir dürfen in keinem Falle unsre Ruhe verlieren. Wir dürfen am allerwenigsten den alten Herrn von Münchhausen wie den ersehnten Bräutigam unsrer Tochter empfangen. Wir müssen uns überhaupt durch die große Freude, die unsrer Tochter widerfahren ist, nicht zu Geschmacklosigkeiten hinreißen lassen. Wir können nicht alle Wände unsrer Zimmer mit Frühlingsblumen bedecken.«

»Dazu«, sagte der alte Graf, »sind die Wände unsres Hauses viel zu schade – denn alle Wände, die wir haben, sind ja eigentlich keine richtigen Wände. Das hat mir noch heute vormittag unser Architekt sehr umständlich klar gelegt; er sagte, daß unsre Wände durch plastisches Rankenwerk so überzogen seien, daß sie den durchbrochenen indischen Elfenbeinarbeiten ähnlich sähen. Und da nun alle unsre Wände ›durchbrochene‹ Arbeiten sind, so fehlt ihnen das Hauptmerkmal der Wand, die doch in erster Linie etwas Abschließendes sein soll.«

»Und da nun«, fuhr die alte Gräfin Adolfine fort, »so wundervolle Wände wie die unsrigen in ganz Berlin nicht noch einmal zu sehen sind, so können wir natürlich diese Wände, die eigentlich gar keine Wände sind, nicht durch Blumen voll machen – wir würden ja dadurch das Herrlichste, was wir haben, verdecken. An den Wänden dürfen also keine Blumen angebracht werden.«

»Ja«, meinte da die junge Gräfin Clarissa, »dann müssen wir aber wenigstens Blumen in große Vasen stellen.«

»Aber, Clarissa«, rief da der alte Vater in heller Verzweiflung, »da müßten wir doch erst Vasen mit durchbrochener Arbeit haben, die dem durchbrochenen Rankenwerk unsrer Wände entspricht. Solche Vasen kriegen wir aber doch nicht in acht Tagen. Du wünschest doch nicht, daß wir uns japanische Emailvasen anschaffen! Willst Du unsre ganze Einrichtung zerstören, nur um dem alten Münchhausen zu gefallen? Mit veritabler Stillosigkeit werden wir dem Baron nicht imponieren. Ich muß durchaus bitten, von Blumenschmuck abzusehen. Unsre Einrichtung ist denn doch so kostbar, daß es gradezu haarsträubend wäre, ihr durch bürgerliche Geschmacklosigkeiten...«

»Aber, Papa«, rief da die Clarissa heftig. »Du kannst doch nicht alle Blumen für bürgerliche Geschmacklosigkeiten erklären.«

»Liebe Clarissa«, sprach da der Papa milde, »in durchbrochenen Vasen lassen sich keine Blumen frisch erhalten, da man doch in durchbrochenen Vasen kein Wasser aufbewahren kann.«

Da lachten alle Drei.

Und die Diener, die im Hintergrunde dem lauten Gespräch zuhörten, lachten mit, obgleich sie kein Wort von dem Gesagten verstanden.

»Lieber Papa«, meinte schließlich die Clarissa, »Du gestattest aber doch, daß die Tischplatten bei uns *nicht* durchbrochen sind. Du gestattest ferner, daß unsre Teller und Gläser *nicht* durchbrochen sind. Warum bist Du da bei den Vasen so ganz andrer Meinung?«

Da wurde der alte Graf sehr ärgerlich und wollte sich zurückziehen. Und die Clarissa hatte die größte Mühe, den alten Herrn zu beruhigen, und versicherte ihm zuletzt feierlich, daß sie in den nächsten vierzehn Tagen nie mehr eine Silbe von Vasen und von Blumen reden werde.

An den nächsten Tagen wurden die Einladungen versandt. Die Einladungen hatten aber durchaus nicht den gewünschten Erfolg; die meisten schrieben einfach ab, mit der Erklärung, daß sie für solchen umständlichen tagelangen Faschingsscherz keine Zeit hätten.

Und es mußten neue Einladungen versandt werden, und diese neuen ließ der alte Graf drucken.

Auf den neuen Einladungen stand zum Schlusse:

»Der alte Baron wird von der letzten Weltausstellung in Melbourne erzählen.«

Da schrieben aber Alle abermals ab.

Und der alte Graf vom Rabenstein lief mit seiner Gemahlin in seinem Arbeitszimmer herum und lamentierte.

Die Clarissa aber, die das Lamentieren oben hinter dem Harmonium belauscht hatte, fing plötzlich an, ein großes Präludium von Händel zu spielen – und sprach dann von oben herab zu Papa und Mama – also:

»Verehrte Eltern! Ich werden an alle Berühmtheiten in Berlin schreiben – die werden ganz bestimmt unsrer Einladung Folge leisten. Ihr habt Euch ohne Frage nur an Spießbürger gewandt und ganz vergessen, was der alte Münchhausen von dem bellenden Stumpfsinn sagte, der heute überall herrscht. Beunruhigt Euch nicht: ich werde für alles sorgen. Heute ist Freitag. Übermorgen werden wir soviel Zusagen haben, daß wir zufrieden sein können.«

Und die Clarissa tat, wie sie gesagt hatte.

Und am Sonntag kamen die Zusagen in solcher Anzahl, daß der alte Graf und seine Gemahlin ganz vergnügt wurden.

Die junge Gräfin Clarissa ließ sich aber am Sonntag Vormittag von ihrer Marianne ihre Schlittschuhe bringen und ging mit ihrem Papa zum Wannsee, allwo sie auf Schlittschuhen so toll herumlief, daß sie fiel – und sich dabei die linke Hand verstauchte. Doch durch die verstauchte Hand wurde die Fröhlichkeit der Clarissa nicht beeinträchtigt.

Der Montag

Am Montag, dem sechzehnten Januar, fiel sehr viel Schnee, und die vom Grafen vom Rabenstein geladenen Gäste kamen des Abends allesamt in Schlitten, sodaß die verschiedenen Glocken der Pferde immerzu durch die Abendluft klangen und auch auf der anderen Seite des nun ganz verschneiten Wannsees zu hören waren.

Es kamen über hundert Gäste an – und sie hatten fast Alle berühmte Namen; Erfinder und Dichter, Künstler und Gelehrte, Ärzte und Architekten, Politiker und andere Leute betraten die großartige Villa des Grafen vom Rabenstein. Und Alle bewunderten die großartige Villa, die auch äußerlich von durchbrochenem Rankenwerk aus edlen Steinen umgeben war, sodaß sie auch äußerlich wie eine indische Elfenbeinschnitzerei wirkte. Innerlich war in den dreißig großen Empfangsräumen auch alles mit durchbrochener Schnitzerei umrankt – aber in der Innenarchitektur gabs mehr Holz, Bronze und Metalle – und nur wenig Arbeiten aus Stein.

Die meisten Gäste kamen schon nach fünf und fanden in den kleineren Zimmern gedeckte Tische mit Delikatessen, Tee, Rum, Cognac und Limonaden.

Und berühmte Damen waren natürlich auch da.

Und im großen Galeriesaal, in dessen Seitenwänden große Bogen waren mit köstlich geschnitzten Säulen und Balustraden, sollte der alte Baron Münchhausen feierlich empfangen werden.

Und der alte Herr erschien Punkt sieben Uhr in seinem Automobilschlitten vor der großen Prunkpforte der Villa, wurde vom alten Grafen persönlich empfangen und sofort in den Galeriesaal geführt. Eine Vorstellung fand nicht statt; alle Anwesenden ließen dem Baron ihre Photographieen mit Widmungsinschriften überreichen. Die Gräfin Clarissa überreichte ihre Photographie eigenhändig, und der alte Baron sah, daß die Gräfin ihren linken Arm in schwarzer Binde trug, und erkundigte sich, was das zu bedeuten hätte.

Da sagte die Gräfin lachend:

»Herr Baron, ich habe mich über Ihre Ankunft so sehr gefreut, daß ich gestern beim Schlittschuhlaufen garnicht ans Gestern und nur ans Heute denken mußte. Und diese Verwechslung der Tempora brachte es mit sich, daß ich den Wannsee plötzlich für einen Divan hielt und mich darauf niederließ – wobei ich mir den Arm verstauchte. Verzeihen Sie, daß ich so lange rede, aber ich bin so furchtbar glücklich, und der Arm tut garnicht weh.«

»Das freut mich«, sagte der Baron, »entschuldigen Sie sich nicht Ihrer langen Rede wegen: ich werde noch länger reden.«

Und der Baron fing gleich an:

»Meine Damen und Herren«, rief er laut, »wir wollen uns gleich zwanglos hinsetzen, und ich werde Ihnen gleich von der Weltausstellung in Melbourne erzählen. Ich muß mich ein wenig beeilen, da ich heute Abend noch mal nach Potsdam muß.«

Nach diesen Worten schrieb der Baron emsig in seinem Notizbuch und sprach dann, während die Gesellschaft ganz lautlos dasaß und kaum zu atmen wagte, das Folgende:

»Als ich vor dreizehn Monaten aus der Südsee nach Melbourne kam, wollte ich dort natürlich sofort die neue Große Weltausstellung sehen. Da hörte ich denn zunächst, daß nur Wochenbillets ausgegeben würden. Und ich kaufte mir ein Billet für eine Woche und fuhr an einem Montag noch vor Sonnenaufgang zur Ausstellung, die gute sechs Meilen nordwestlich von Melbourne liegt. Eine Bahn fährt nicht zur Ausstellung, sämtliche Ausstellungsbesucher werden in alten, sehr bequemen Postkutschen hinbefördert, die den großen Postkutschen des achtzehnten Jahrhunderts nachgebildet sind. Die Fahrt dauert sechs Stunden, aber man fährt in diesen alten Fahrzeugen so recht gemütlich, die Postillione blasen öfters, man sitzt auf weichen Lederpolstern, raucht so seine Morgencigarre in die Morgenluft hinein und blickt in die Landschaft hinaus, in der alles ländlich und friedlich aussieht, sodaß man ganz ruhig wird und sich so ganz aus allen Zeitverhältnissen herausgehoben fühlt. Und wenn man dann sein Ziel erreicht hat, so wird man empfangen – wie in einem Gasthofe des achtzehnten Jahrhunderts – von lauter bezopften Lakaien. Und danach fährt man im Fahrstuhl nach oben, wird in ein behagliches kleines Zimmer geführt und sieht einen kolossalen See in der Tiefe. Man setzt sich ans Fenster, bekommt ein gutes Frühstück, die Morgenzeitungen und die neuesten Bücher und Broschüren – und kann den See bewundern, den neun große Berge zusammen in Ellipsenform umlagern. Man hat garnicht die

Empfindung, in einer Weltausstellung zu sein. Die Nerven fühlen sich so recht beruhigt. Man fühlt sich wie zu Hause und möchte garnicht wieder aufstehen. Und – meine Damen und Herren, das hat man da auch garnicht nötig, denn das Panorama, das man vom Fenster aus genießt, verändert sich allmählich: man sieht plötzlich riesige Fontänen aus dem See heraussteigen, dann sieht man, wie sich große Inseln nähern, sieht schwimmende Paläste und weite Parkanlagen und Wasserkünste und Terrassen und Türme und weite Alleen. Kurzum: die Zimmer des Hotel sind so eingerichtet, daß man in ihnen durch die ganze Ausstellung fahren kann. So recht was für bequeme Leute, die da gerne sagen ›Fahre zu Hause!‹ – Man fährt, ohne zu bemerken, daß man fährt. Und man sieht sich dabei alles in bequemster Situation vom Fenster aus an und ißt sein Frühstück dabei, liest auch ein bißchen, raucht und trinkt Limonade oder was Andres – ganz wie man will. Die Bedienung ist jeder Zeit zur Hand. Man kanns einfach nicht bequemer und angenehmer haben. Und langweilig ist es auch nicht, denn es kommt immer wieder was Neues, während man langsam um den ganzen großen See herumfährt. Und dann fährt man auch über den See weg und sieht die neun Berge fast von allen Seiten. Und nach dem großen Diner kommt man in die Mitte des Sees. Und da kann man sein Zimmer mal verlassen.«

Der Baron hielt aufatmend inne, steckte sich eine Cigarre an und bat die Anwesenden, doch auch zu rauchen – was denn auch die meisten taten.

Darauf fuhr der alte Münchhausen in seiner Erzählung fort:

»Wenn man diese Ausstellungsgeschichte erlebt«, sagte er leiser, »so wirkt sie ganz ruhig; wenn man sie aber erzählt, so strengt es doch sehr an, da die andauernde Bewegungskunst, die man zur Mitempfindung bringen muß, nicht zur Ruhe kommen läßt. Wenn man in der Mitte des Sees sein Zimmer verlassen darf, so wird man nicht an einer Stelle gelassen, an der man in Ruhe bleiben kann. Dreißig Riesentürme umgeben da in drei Kreisen einen mittleren Kolossalturm, der hundertfünfzig Stockwerke besitzt, während die anderen Türme nur hundertzwanzig, achtzig und vierzig Stockwerke haben – entsprechend den drei Kreisen, von denen der äußerste der niedrigste ist. Nun denken Sie sich diese sämtlichen

Stockwerke durch lange Brücken miteinander verbunden. Und dann müssen Sie sich im Innern dieser Stockwerke Salons denken, die wie Fahrstühle auf und ab und auch über die Brücken fahren. Dazu dreht sich jeder Turm ständig um sich selbst. Und in dieser Drehscheibenarchitektur können Sie nun in einem einzigen Zimmer überall herumfahren. Das nennt sich natürlich ›bewegliche Architektur‹. Und wenn Sie bei dieser immerhin langsam wirkenden Fahrt zum Fenster hinausblicken, während Sie auf einem bequemen Sessel sitzen oder auf einem Divan liegen, so sehen Sie draußen immerfort eine sich langsam verschiebende Architektur wie langsam sich bewegende Kaleidoskope. Wenn mans erzählt, kann man eine kleine Drehkrankheit bekommen. Wenn mans aber erlebt, wird man von dieser beweglichen Architektur immer neue köstliche Eindrücke empfangen – und stundenlang habe ich an meinem ersten Montag hinausgeblickt und immer wieder die neuen Brücken und Galerien, die Balkons und die neuen Konstruktionen bewundert. Eine unbeschreibliche Fülle von Linien- und Flächenkompositionen tut sich bei solchen Fahrten auf. Sie dürfen natürlich nicht annehmen, daß eine Brücke so aussieht wie die andre – jeder Turm ist ein apartes architektonisches Kunstwerk und – jede Brückenverbindung ebenfalls. Die Brücken sind natürlich fest und machen die rotierende Bewegung der Türme nicht mit. Stellen Sie sich das Alles nur einmal mit geschlossenen Augen vor.«

Alle schlossen die Augen, und der Baron goß sich ein Glas Wein währenddem ein und schmunzelte, als er sah, daß man seinem Trinken nicht zusah; er goß sich noch ein zweites und drittes Glas ein und bemerkte dabei, daß die Gräfin Clarissa die Augen geöffnet hatte; er trank ihr lächelnd zu, und sie nickte und drückte dann ihr Spitzentaschentuch gegen ihren Mund.

Die Clarissa zog danach schnell ein kleines Notizbuch aus ihrer Tasche und schrieb da hinein:

»Sehr sehr verehrter Herr Baron! Seien Sie doch bitte so freundlich und kommen Sie morgen schon am Vormittag zu uns. Sie glauben ja garnicht, wie erlösend Ihr Erscheinen in Europa wirkt. Es ist durchaus nötig, daß wir Verschiedenes noch näher besprechen. Bleiben Sie nicht zu lange in Potsdam. Überhaupt: ich bin eigentlich sehr eifersüchtig auf Potsdam. Ich will natürlich nicht fragen, was Sie da machen – aber – ich denke mir natürlich eine ganz tolle Potsdamer Geschichte zusammen.

In Eile und in Begeisterung

C. v. R.«

Das Notizbuch mit diesen Zeilen überreichte die Gräfin dem Baron – er las, verbeugte sich und sagte leise:

»Es soll geschehen.«

Nach diesen Worten taten die Gäste des Grafen vom Rabenstein sämtlich wie dieser selbst wieder die Augen auf, und der Baron fuhr in seiner Erzählung folgendermaßen fort:

»Als ich gerade die Empfindung hatte, nicht mehr weiter die bewegliche Architektur verfolgen zu können, wurden wir hinausgerufen und standen danach gleich auf dem obersten Turmplateau in der Mitte der Ausstellung – sechshundert Meter über dem Seespiegel – und sahen, daß die Sonne bereits untergegangen war; ich hatte nach meiner Uhr volle fünf Stunden ohne Unterbrechung die bewegliche Architektur genossen. Der Rundblick war großartig; man sah die neun Berge ringsum wie neun große Ungeheuer daliegen. Die Berge waren, wie wir jetzt hörten, nicht viel höher als tausend Meter. Aber nun stieg auf jeder Bergspitze ein ungeheurer Fesselballon auf, und aus dem See stiegen ebenfalls ringsum neun große Fesselballons auf. Und als die achtzehn Ballons oben in großer Höhe schwebten, wurden sie von der untergehenden Sonne beleuchtet, daß sie oben wie große Weltbälle aussahen.

Und danach ward es dunkel.

Und dann schossen aus den Gondeln der Ballons mächtige bunte Scheinwerfer heraus und beleuchteten die Ballons, daß die ganz merkwürdig gefleckt aussahen – wie Schlangenhaut.

Und dann bewegten sich diese Schlangenhautballons, die immerfort anders gesprenkelt wurden, langsam weiter, sodaß sie unser Turmplateau umkreisten – wie riesige Planeten.

Zu diesem neuen Bewegungsspiele bemerkte ein alter Ausstellungsdirektor Folgendes:

›Meine Herrschaften‹, sagte er, ›wir wohnen doch bekanntlich auf einem Stern, der nicht einen Augenblick im Weltenraume stillsteht; wir fahren nicht nur mit der Sonne zusammen rasend rasch in einer großartigen Kurve weiter, wir drehen uns auch immerzu umeinander – die Erde um die Sonne, der Mond um die Erde und so weiter. Demnach müssen wir auch darauf bedacht sein, auf unsrer Erdoberfläche ein ähnliches Fahrten- und Drehungsspiel zu veranstalten. Es ist doch allzu einförmig, immerzu auf einem Punkte zu sitzen und dabei immerzu dieselbe Aussicht zu genießen. Wir müssen Bewegung in unsre Natur- und Kunstgenüsse hineinbringen. Und Sie werden sich wohl überzeugt haben, daß es auf unsrer Weltausstellung in Melbourne gelungen ist, Bewegung in unser ganzes Leben zu bringen. Sehen Sie sich doch die Vögel an: sitzen die immerzu auf denselben Zweigen? Nun ja, und – sind wir Menschen nicht viel mehr als die Vögel?‹

Während aber der Herr Direktor in dieser Weise weiter redete, sah ich plötzlich zum See hinunter und erblickte da lange leuchtende Streifen, die sich immer höher heraushoben. Was sich nun zwischen unserm Mittelturm und den neun Bergen entwickelte, läßt sich einfach garnicht mit ein paar Worten beschreiben: es entstanden in einer halben Stunde kolossale Wände, die vielfach durchbrochen waren und das Seegebiet in neun Riesenzimmer verwandelten. Nun – und diese Riesenwände teilten sich bald – wurden magisch von unten aus beleuchtet – es bildeten sich Dächer – Balkons, Terrassen – aus lauter fächerhaft dünnen Wänden – es entstand eine bewegliche Kulissenarchitektur, die aller Beschreibung spottet. Ich bin erschöpft, meine Damen und Herren, und muß eine Pause machen.«

Die Gäste des Grafen vom Rabenstein erhoben sich von ihren Plätzen und verbeugten sich dreimal feierlichst vor dem alten Baron. Und der Baron stand auch auf, verbeugte sich ebenfalls und sagte lachend:

»Der Herr Graf wird uns jetzt zunächst ein wenig erfrischen. Es ist doch nichts so anstrengend als das Genießen.«

Da kamen denn sofort die Diener mit allen möglichen Getränken, mit Kaviar und Appetitbrötchen.

Und alle sprachen in den nächsten Augenblicken so laut und heftig zueinander, daß der Graf vom Rabenstein ganz erschrocken den Baron fragte:

»Wollen Sie heute noch weiter sprechen?«

»Allerdings! Allerdings!« versetzte der Baron. Da rief die alte Gräfin Adolfine vom Rabenstein:

»Meine Damen! Meine Herren! Trinken Sie um Himmelswillen so vorsichtig wie möglich. Der Herr Baron von Münchhausen will nachher noch weiter erzählen. Da müssen wir sehr vorsichtig sein, daß wir nachher auch dem alten Herrn folgen können.«

Diese Worten hatten natürlich nur die Nächststehenden gehört – aber sie wurden weitergegeben – und danach tranken alle ganz vorsichtig nur ganz wenig, um dem alten Münchhausen nachher auch noch ganz ordentlich folgen zu können.

Der Baron sprach dabei mit der alten Gräfin Adolfine vom Rabenstein.

»Wir können uns garnicht genug wundern«, sagte sie kopfschüttelnd, »daß Sie so jung aussehen. Man könnte Sie für achtzig Jahre alt halten. Aber daß Sie hundertundachtzig Jahre alt sind – nein!«

»Oh«, versetzte der Baron, während er ein ganz altes vergilbtes Papier hervorzog, »aus diesem meinem Taufschein können Sie ersehen, daß ich wirklich so alt bin, wie ich sage.«

Und die Gräfin nahm ihre Lorgnette und studierte den Taufschein.

Und währenddem erklärte die Gräfin Clarissa dem alten Baron, daß sie schon jahrelang an ihn gedacht habe – und daß sein Kugelritt über ihrem großen Spiegel der einzige bildliche Schmuck ihres Zimmers sei.

Der Baron lachte dazu und streichelte ihre linke weiße Hand mit seiner alten tausendfältigen braunen.

»Sind Ihre Kopfhaare«, frage die Clarissa dabei, »auch wirklich ganz echt?«

Da nahm der Baron der Gräfin Hand und legte sie sich auf den Kopf und sagte schmunzelnd:

»Meine weißen kurzen Haupthaare sind so echt wie meine weißen Schnurrbarthaare – und auch so echt wie meine buschigen Augenbrauen. Alle meine Haare sind eifrig beschnitten worden in den hundertundachtzig Jahren. Das können Sie sich wohl denken.«

»Das kann ich mir denken!« sagte die Clarissa, während sie ihre Hand vorsichtig aus des Barons Hand herauszog.

Hiernach bat der Baron abermals ums Wort und sprach also:

»Die Kulissenarchitektur auf dem Weltausstellungssee zu Melbourne war von unbeschreiblicher Großartigkeit, aber diese wurde, als die Sterne am Himmel erschienen, durch eine Lichtarchitektur, die sich oben über uns in der Luft langsam entwickelte, einfach übertrumpft. Es scheint überhaupt in der ganzen Welt notwendig zu sein, daß selbst das Großartigste immer noch übertrumpft wird. Warum das so ist, weiß ich nicht – doch ich finde es sehr nett, da wir auf diese Weise niemals an ein Ende gelangen wir werden nie das Allergroßartigste erblicken – dazu ist die unendliche Welt allzu großartig. Doch entschuldigen Sie meine Abschweifung! Sie werden sich von der Lichtarchitektur eine kleine Vorstellung bilden können, wenn ich Ihnen erzähle, daß die achtzehn Fesselballons durch unzählige Drähte untereinander und mit dem Erdboden verbunden waren – und daß diese Drähte elektrische Lichter trugen – und zwar so viele, daß die Zahl der im Teleskop sichtbaren Sterne dagegen nicht allzu groß erscheint. Und wie unzählige bunte Sterne flammten nun oben die elektrischen Drahtlichter auf. Und das gab schließlich eine Sternenkrone --- die unbeschreiblich ist. So was kann man nicht schildern. Das ist überwältigend. Stellen Sie sich noch vor, daß immer wieder andre elektrische Flammen aufleuchteten, daß die Flammen immer wieder andre Farben bekamen, daß dazu noch die farbigen Scheinwerfer aus den Gondeln wie riesige Kometen hineinfuchtelten – und daß sich die riesigen Ballons auch mit kleinen bunten Flammen bedeckten, die wie Brillantengeflechte die großen Kugeln umgarnten – und daß sich diese ganze Sternenkrone in ständiger langsam rotierender Bewegung befand --- so haben Sie ein Nachthimmelsbild, das Ihnen für einige Zeit den Schlaf rauben dürfte.«

Münchhausen hielt erschöpft inne.

Und die Zuhörer und Zuhörerinnen wagten kaum zu atmen und bewegten sich nicht. Es war mäuschenstill.

Und der Baron fuhr wiederum fort:

»Dieses alles«, sagte er, »bildete nur den äußeren Rahmen der Ausstellung. Aber das Innere der Ausstellung war deshalb nicht minderwertig. Wir fuhren in kleinen halboffenen Wagen auf Drahtseilbahnen um den ganzen See herum und bekamen dadurch zunächst einen Begriff von der architektonischen Ausgestaltung der neun Berge. Da hatte man kolossale Terrassenbauten – ganz steile und ganz schräge – angelegt – solche mit beleuchteten Wasserwerken – und auch solche, die stellenweise nur mit Blumen und Bäumen bedeckt waren – andre wieder, die nur mit spiegelnden glänzenden Glasflächen und Glaskuppeln wirkten – und abermals andre, die nur einfach Steinarbeiten zeigten. Es waren auch Architekturen da, die ganz in der Bildhauerkunst aufgingen – und auch solche, die nur im Ornament sich auslebten. Und welche Ornamentik sah man da! Die Kaleidoskopornamentik übertrumpfte die symbolische, und die kecke Linienornamentik übertrumpfte die kaleidoskopische! Und in Schluchten sahen wir öfters hinein – in Schluchten, die einfach ins veritable Jenseits zu führen schienen.«

Hier bat der Baron den Grafen um eine Cigarre, und er steckte sie sich umständlich an, während alle Gäste die Augen schlossen, um sich eine Vorstellung zu bilden von dem, was der Baron soeben erzählt hatte.

»Ich hätte«, sagte er, »Ihnen eigentlich ein paar Schock Photographieen zeigen müssen. Sie hätten dann ohne Weiteres ein paar anschauliche Bilder von dieser großen Weltausstellung gehabt. Indessen – wie das so auf Reisen zu gehen pflegt – der Kasten, in dem ich meine Photographieen untergebracht hatte, ist verlorengegangen. Es ist sehr ärgerlich und traurig.«

Da riefen alle »Ach!« und »Oh!« und die Damen taten ganz untröstlich. Die Herren steckten sich aber währenddem sämtlich Cigarren an.

»Ich will Ihnen nun«, sagte Münchhausen, »heute nur noch so viel von meinem ersten Montag erzählen: um Mitternacht fuhren wir mit unsern kleinen Drahtseilwagen – auf Zahnraddrahtseilen zu den großen Fesselballons empor. Und oben fuhren wir um alle achtzehn Ballons herum – mit rasender Fixigkeit – durch die ganze Lichtarchitektur. Und diese Fahrt da oben in der Lichtarchitektur war die herrlichste Fahrt meines ganzen Lebens. Jetzt muß ich aber nach Potsdam fahren.«

Der Baron sprang plötzlich wie ein Jüngling auf, küßte der alten Gräfin und auch der jungen Gräfin die Hand und verbeugte sich vor den Anwesenden, die plötzlich stürmisch ausriefen:

»Lange lebe Münchhausen!«

Die Gräfin Clarissa überreichte darauf dem alten Herrn eine kostbare Orchidee.

Und danach verließ der Baron mit dem Grafen die Gesellschaft und setzte sich in seinen Automobilschlitten.

Und dann fuhr er nach Potsdam.

Der Mond schien ganz hell.

Und der Schnee knirschte unter den Schienen des Schlittens; es war kalt auf der Erde. Aber die Schneeflocken, die jetzt fielen, funkelten nun auch wie unzählige Brillanten.

Und der alte Baron sah die funkelnden Schneeflocken, die durch das helle Licht seiner elektrischen Schlittenlampen zum Funkeln kamen, und er dachte an die Sternkronenfahrt, von der er soeben erzählt hatte.

Der Dienstag

Selbstverständlich war der Baron Münchhausen am Dienstag um zwölf Uhr mittags in der Rabensteinschen Villa.

Und der Baron überreichte der Gräfin Clarissa eine Photographie, auf der die Orchidee abgebildet war, die der Baron am vergangenen Abend erhalten hatte.

»Sie ersehen daraus«, sagte er lächelnd, »wie vorzüglich mein Schlittenführer wertvolle Blumen transportieren kann. Die Photographie ist heute vor zwei Stunden hergestellt; die Orchidee ist tadellos erhalten.«

Hiernach sprach man gleich über die durchbrochenen Rankenwände der Rabensteinschen Villa.

Die alte Gräfin Adolfine vom Rabenstein sagte dabei sehr heftig:

»Sie glauben garnicht, Herr Baron, welche Stellung die Berliner Architekten heutzutage innehaben; früher konnte doch der Bauherr noch etwas mitreden – so was aber gibt es heute garnicht mehr. Wir haben nur das Recht und die Pflicht, alles zu bezahlen; der Architekt befiehlt nur – und der Bauherr hat zu gehorchen. Wir haben uns nicht einen einzigen Stuhl ohne Erlaubnis des Architekten anschaffen dürfen. Es fehlt nur noch, daß er uns auch die Kleider kauft. Es ist himmelschreiend.«

»Ja«, versetzte da Münchhausen, »die Gräfin Clarissa erzählte mir von einem Bilde in ihrem Zimmer – auf dem Bilde soll ich auf einer Kugel reitend dargestellt sein – mit Zopf, hohen Stiebeln und Sporen. Hat denn Ihr Architekt erlaubt, das Bild anzubringen?«

»Acht Wochen«, rief da die Clarissa, »habe ich für Ihr Bild, Herr Baron, gekämpft – wie eine Löwin, die ihr Jüngstes verteidigt.«

»Meine Gnädige«, erwiderte der Baron lachend, »wenn ich mich so als Ihr Jüngstes fühle – so geht mir alles im Kreise herum. Aber – der Herr Architekt hat schließlich das Bild eigenhändig eingerahmt, nicht wahr?«

»Allerdings!« sagte die Clarissa, »aber es mußte zusammen mit meinem großen Spiegel in einen Rahmen – über dem Spiegel reiten Sie jetzt.«

Die alte Gräfin aber meinte dazu finster:

»Wir leben in einer Tyrannenepoche – und die Architekten sind heute die größten Tyrannen.«

»Aber Adolfine«, sprach da der Graf langsam, »diese Tyrannen sind nicht die schlimmsten; ich stehe ganz auf Ihrer Seite und lasse mir solche Tyrannei gerne gefallen.«

»Das ist auch noch garnicht so schlimm«, bemerkte dazu der Baron, »Sie sollten nur erst die Architekten in Melbourne kennenlernen; die sind noch viel anspruchsvoller. In Melbourne will der Architekt nicht nur der Gebieter in der Außen- und Innenarchitektur sein; er will auch gleich die ganze Lebensführung der Bauherrschaft beeinflussen; er zwingt den Hausbesitzern gleich besondere künstlerische Stimmungen und besondere künstlerische und auch literarische Beschäftigungen auf. So was sollten Sie nur erst erleben; Sie würden Augen machen. Heute Abend will ich Ihnen Näheres mitteilen.«

Während man noch so sprach, sah sich der Baron plötzlich seinen Stuhl, auf dem er saß, näher an – und sprang dann auf.

»Was tut Ihnen mein Stuhl?« fragte der alte Graf teilnehmend.

Münchhausen drehte den Stuhl nach allen Seiten und besah ihn ganz genau, lief dann zu den Wänden und besah sie auch ganz genau, steckte sich eine Cigarre an, paffte wie ein alter Eskimo und redete dann also:

»Man sollte es doch nicht glauben, was man alles hier im alten Europa entdecken kann. Jedenfalls ist das, was ich jetzt sehe, eine Geschichte, die mir imponiert. Ihr Rankenwerk, Herr Graf, besteht ja nicht nur aus phantastischen Schlinggewächsen; da sind ja auch Köpfe dazwischen. Und es sind da auch Menschenköpfe – nicht nur Tierköpfe. Schlangenartige Leiber mit krebsscherenartigen Gliedmaßen! Ist dieses durchbrochene Rankenwerk von Ihrem Architekten gezeichnet?«

Der Graf bejahte dies.

Und der Baron fuhr zu fragen fort:

»Ist dieser Bildhauer und Architekt in Deutschland geboren worden?«

Der Graf bejahte das ebenfalls, und da sagte der alte Baron:

»Es besteht ein inniger Zusammenhang zwischen diesen Arbeiten und den besten Arbeiten, die ich in der Weltausstellung zu Melbourne gesehen habe. Sowohl hier wie dort geht man von den auf der Erdrinde bekannten Organformen ab und sucht durch Weiterbildung und Umformung der bekannten tierischen und menschlichen Gliedmaßen neue Wesen zu erzeugen, die in willkürlicher – scheinbar willkürlicher – Art alle möglichen Formengebilde vereinigen. Diese freien Tier- und Schlangengestalten passen sich natürlich allen kunstgewerblichen und architektonischen Gegenständen ganz bequem und einfach an, da man ja jedes Glied so ausrenken kann, wie mans grade haben möchte. So nur ist es möglich gewesen, die Plastik organisch mit der Architektur zu verschmelzen. Und eine derartige Verschmelzung fand ich auch in Melbourne. Und daß ich dieselbe Verschmelzung auch hier vorfinde, zeigt mir, daß Ihr Architekt in einem innerlichen Zusammenhange mit den Architekten Melbournes stehen muß. Da müssen gegenseitige telepathische Beeinflussungen stattgefunden haben. Und man erkennt daraus wieder, daß dieselben oder die ähnlichen Gedanken an verschiedenen Punkten der Erdrinde zu gleicher Zeit auftreten können, ohne daß eine direkte Beeinflussung stattfindet. Das ist wieder ein Zeichen dafür, daß die Menschheit zusammen eigentlich einen großen einheitlichen Organismus darstellt, dessen Studium den Gelehrten unsrer Zeit nicht angelegentlich genug empfohlen werden kann. Das ist sehr interessant, Herr Graf, daß Sie eine so köstlich innen und außen von plastischem Rankenwerk überzogene Villa besitzen – und daß ich grade zuerst zu Ihnen kommen mußte.«

»Wie kommt es nur«, fragte da die Clarissa, »daß Sie grade zu uns zuerst kamen?«

»Oh«, erwiderte der Baron, »ich weiß ganz genau, daß meine Verwandten in der Mitte des achtzehnten Jahrhunderts vielfach mit den Rabensteins verkehrten und auch mit ihnen verschwägert waren.«

»Dieses«, bemerkte hierzu die alte Gräfin Adolfine, »kann ich Ihnen sogar aus einer alten Familienchronik und aus verschiedenen Briefen des achtzehnten Jahrhunderts, die noch in meinem Besitz sind, ganz leicht beweisen.«

»Sehr interessant!« rief Münchhausen.

Und danach studierte man die alte Chronik und die alten Briefe, und beim Diner sprach man nur von diesen Dingen, was die Clarissa etwas langweilig fand.

Als aber nach fünf Uhr die ersten Gäste anlangten, ließ man die Familiengeschichten fallen.

Und nach sieben Uhr, als die Gesellschaft wieder wie am Tage vorher versammelt war, erzählte der Baron das Weitere von Melbourne.

»Es wurde mir gestern«, sagte er, »schließlich etwas sauer, so ausschließlich vom Äußeren der Ausstellung zu erzählen. Heute will ich besonders von der Innenarchitektur berichten. Obgleich man nicht mit Unrecht auch die Innenarchitektur zuweilen nur als etwas Äußerliches hinnimmt, so muß ich doch bitten, nicht ungeduldig zu werden. Ich werde mir Mühe geben, Sie immer weiter ins Innere des Inneren zu führen. Aber das geht nur allmählich. Ich habe zunächst ein paar Worte über die Stellung, die die Technik der Kunst gegenüber einnimmt, voranzuschicken. Hier in Europa empfand man die Technik am Ende des neunzehnten und am Anfange des zwanzigsten Jahrhunderts, wie ich gehört habe, als kunst *feindlich*; in Europa hat man, wie ich hörte, seit den Jahren 1895-1905 einen fatalen Niedergang in der Kunst verspürt – und diesen vornehmlich durch den gleichzeitigen Aufschwung der sogenannten ›Technik‹ motivieren wollen. Eine derartige Schädigung der Kunst von Seiten der Technik ist natürlich nur als ein vorübergehendes Phänomen aufzufassen; es wäre ganz unnatürlich, wenn so was dauerhaft würde. Sobald die nützlichen Erfindungen sich ein wenig abgenutzt haben, muß der Erfinder naturgemäß daran denken, seine Erfindungen dem künstlerischen Geschmacke seiner Zeit anzupassen – und sobald er anfängt, *daran* zu denken, wird alles, was er tut, selbstverständlich kunst *freundlich* werden, und alles Kunstfeindliche wird im Hintergrund verschwinden wie eine Nebelwolke. In Australien ist man schon ein beträchtliches Stück weiter als in Europa, und somit ist auch dort der Techniker bereits im Dienste der Kunst tätig und durchaus kunstfreundlich. Daß man in Australien bereits ein gutes Stück weiter in der Kultur ist – das ist ja sehr erklärlich, da man dort nicht genötigt ist, einen allzu kostspieligen

Militarismus zu überwinden wie in Europa. Sie werden sich daher, meine Damen und Herren, nicht sehr wundern, wenn ich Ihnen erzähle, daß auf der australischen Weltausstellung mehrfach das Motto zu lesen ist: ›Kunst und Kultur sei Eines nur‹. Ja, ja! So ändern sich die Zeiten – und so ändern sich die Erdteile. Es ist noch nicht lange her, da glaubte man in Europa, daß das liebe Europa immer an der Spitze der Kultur marschieren würde. Aber da kam der alte Bonaparte mit seinem Militarismus, und die kulturelle Bedeutung Europas fing an zu schmelzen – Amerika wurde währenddem immer größer, Ostasien auch – und ganz im Geheimen auch Australien.«

»Wie ist es nur möglich, Herr Baron«, rief da die Gräfin Clarissa, »daß man in Europa bis heute kein Sterbenswörtchen von der enormen Geisteskultur der Australier erfahren hat?«

»Aber, meine Gnädige«, versetzte der Baron, »es ist sehr weit von hier bis Melbourne! Und dann – die Rivalität! In Europa hat man eben Furcht vor der australischen Konkurrenz. Die Zeitungen dürfen von Australien nicht sprechen – man befürchtet eben Revolutionen. Wenn Sie eine Ahnung hätten, wie man in manchen europäischen Gesellschaftskreisen vor der nächsten Zukunft sich fürchtet! Und – mit Recht! Erfährt man hier erst Näheres über Australien, so will man auch australische Zustände haben.«

»Ah«, rief da hellachend die Clarissa, »und Sie, Herr Baron, empfinden es als Ihre Mission, Europa über Australien aufzuklären? Wie ich mich darüber freue! Ich könnte mich totlachen vor Vergnügen. Europa wird umgekrempelt vom alten Münchhausen.«

Die ganze Abendgesellschaft lachte jetzt, und die Diener reichten während des Gelächters Kaviar mit warmem Rostbrot und Pilsener Bier herum; man saß an kleinen, nicht gedeckten Tischen.

Und wenn der Baron nicht grade sprach, so sprachen die Andern, sodaß sich das, was der Baron im Folgenden sagte, nicht mehr wie ein Vortrag ausnahm; alles wurde durch lebhaftes Fragen und Antworten zum bewegten Dialog.

Verschiedene Damen wollten nun zunächst Näheres über die australischen Erfindungen hören.

»Wie wird«, fragte die eine Dame, »in Australien die Reinigung der Zimmer arrangiert?«

»Natürlich nicht durch Dienstboten«, versetzte der Baron, »die Möbel werden mechanisch hochgehoben und ebenso der stoffliche Fußbelag, wenn einer da ist. Dieser Fußbelag wird durch mechanisch tätige Saugschläuche von unten aus vom Staube befreit – und danach wird der Fußboden durch mechanisch tätige Schrubber gereinigt. Danach sinkt der Fußbelag wieder auf den Fußboden, wird durch mechanisch tätige nasse Bürsten abgerieben, und die Möbel sinken auch wieder auf den Fußboden; die Möbel können natürlich auch vorher durch mechanisch tätige Bürsten und Staubwedel vom Staube gereinigt werden. Derartige Bürstenmaschinerien sind natürlich in jeder einfachen Arbeiterwohnung zu finden. Ohne Bürsteinrichtung mietet in Australien kein Mensch eine Wohnung. Und die Maschinen, die in der Küche verlangt werden, sind auch recht zahlreich: da verlangt jede Hausfrau eine Kartoffelschälmaschine, eine Pilz- und Gemüsereinigungsmaschine, mechanische tätige Koch- und Bratapparate, Spülapparate – ich glaube sogar mechanisch tätige Salzstreubüchsen gibt es da auch. Kurzum: die Köchin ist in Australien eigentlich eine überwundene Sache. Und die Diener sind beinahe auch überflüssig, denn durch kleine Fahrstühle werden die Speisen aus der Küche ins Speisezimmer hinübergeführt. Der Techniker hat eben in Australien für alle Bequemlichkeitseinrichtungen bereits derartig gesorgt, daß er sich jetzt nur noch mit der künstlerischen Ausgestaltung dieser Bequemlichkeitseinrichtungen befassen kann.«

Der Baron wurde danach von den Damen nach allen möglichen technischen Kleinigkeiten gefragt und gab auf alles in geduldiger Artigkeit seine Antworten, schließlich aber sagte er laut:

»Wir können uns aber nicht so lange mit dem Vorwort aufhalten; ich wollte heute von der Innenarchitektur oder der sogenannten Innendekoration sprechen – und damit illustrieren, wie lebhaft sich der Techniker in Australien mit allen künstlerischen Dingen beschäftigt. Wir fuhren damals am Dienstag in wundervollen Häusern umher, deren Innendekoration zum Teil dem, was wir hier in der Rabensteinschen Villa sehen, nicht ganz unähnlich war. Das Durchbrochene – das, was uns immer wieder an die feinsten indischen

Elfenbeinarbeiten erinnert – bildete auch in Melbourne ein Hauptelement. Auch dort lehnt man die usuelle gegenständliche Malerei als Zimmerschmuck einfach ab. Aber noch feiner als das Rankenwerk, das wir hier in den Wänden und Decken der Zimmer sehen, wirkte ein kristallinisches Rankenwerk, in dem die variablen Beleuchtungseffekte sehr starke Momente erzeugten. Die Techniker haben sich natürlich mit den Wänden sehr eingehend beschäftigt und uns ganz neuartige Tapetenspäße geliefert – allerdings nicht auf Papier, da man das Papier in Melbourne nicht so schätzt wie in Japan und Europa. Die neuen Tapeten befinden sich auf Metallwänden – und die Muster sind auch immerzu variabel, verändern sich unaufhörlich – durch Säuren und Dämpfe, die vom Innern der Wände aus auf die Metallplatten wirken. Da entstehen ganz fabelhafte Formen- und Farbenmuster, die zuweilen durch darübergehende Glasranken mit Geißlerschen Röhren – gehoben werden. Auch Wände, die wie eine Handharmonika vertieft und zusammengezogen werden können, habe ich gesehen. Und – was man aus weichen Stoffen, die wie Sammet und Seide wirken, machen kann, das haben die australischen Techniker, während sie mit den Architekten zusammenwirkten, wohl gemacht. Ich sagte heute Vormittag schon, daß die australischen Architekten nicht nur die gesamte Innendekoration bestimmen – sie bestimmen auch das ganze Leben der Hausbewohner, die durch die Beweglichkeit der Architektur immerfort neue Aussichten bekommen und durch die Beweglichkeit der Wände immerfort neue Eindrücke empfangen, die zweifellos auch aus ganz stupiden Leuten schließlich bewegliche sensible Künstlernaturen machen. So wird die scheinbar nur äußerliche Baukunst und das für noch äußerlicher verschrieene Kunstgewerbe allmählich zu einem künstlerischen Erziehungsmittel, das auch die feinsten, intimsten und innerlichsten Empfindungssphären heraufbeschwört.«

Die Clarissa schenkte dem Baron einen Cognac ein, und als er trank, sprachen plötzlich alle Anwesenden so lebhaft durcheinander, daß der Baron in der nächsten Viertelstunde nicht mehr zu hören war.

Wenn der Baron aber im Reden war, so hielt es schwer, seinen Redefluß aufzuhalten, und so sprach er denn zu Fräulein Clarissa allein.

»Meine Gnädigste«, sagte er lachend, »können Sie sich eine australische Küche vorstellen? Die sieht aus wie ein kleiner Maschinensaal. Und – können Sie sich die feinen Dachkonstruktionen der australischen Baumeister vorstellen? Die sind viel profilreicher als alle menschlichen Gesichter zusammen. Sehen Sie, die Menschen haben immer nur zwei Profile im Gesicht – eine Dachkonstruktion hat aber unzählige Profile – weil ja eben eine Dachkonstruktion der Kopf eines Bauwerkes ist – während der menschliche Schädel doch nur die Dachkonstruktion eines einfachen Lebenwesens darstellt.«

»Aber, Herr Baron«, sagte da die Clarissa, »unterschätzen Sie nicht das Lebewesen, das wir ›Mensch‹ zu nennen belieben? In dem ist doch so viel Innerliches, während das Bauwerk doch nicht so beweglich ist.«

»Oho!« rief da der Baron und wurde ganz dunkelrot, »Sie vergessen, daß sich das Bauwerk der Australier in ständiger Bewegung befindet. Und – der Witz der Techniker tut immer mehr, um das Innere lebendiger zu gestalten: der Techniker bemühte sich hauptsächlich auch, leicht zu bearbeitende Kunstmaterialien für die Plastik zu schaffen. Und durch diese Plastik, die im Innern der Häuser alle denkbaren Materialien einfach und verschmolzen verwendet, wird das Hausinnere viel interessanter als das Menscheninnere.«

»Auch interessanter«, fragte die Clarissa, »als das menschliche Gehirn – kann das australische Haus auch selber neue Gedanken erzeugen?«

»Jawohl«, sagte der Baron, »in Ihrem Kopfe und in meinem Kopfe und in den Köpfen derer, die in den australischen Häusern wohnen.«

»Wenn«, sagte da die Clarissa leise, »es mir gestattet ist, das, was Sie soeben sagten, für einen feinen lustigen Scherz zu halten, so muß ich sagen, daß ich solche Scherze jeden Tag von Ihnen hören möchte – ja, daß mir ein Leben, in dem ich nicht immerzu solche Scherze von Ihnen hören könnte, sehr langweilig, fast unerträglich vorkommen wird. Ich weiß das ganz genau, bestreiten Sie das nicht! Ich kann selber nicht solche Scherze erfinden – wenigstens heute noch nicht. Nur ein Scherz fällt mir ein: wenn sich die australische Innenarchitektur bemüht, immer innerlicher zu werden – und in ihrem Innern wie in ihrem Äußern fabelhafte Schlangen-, Fisch-

und Mastodonwesen mit Krebs-, Spinnen- und Tintenfischbeinen aufleben läßt – so müßten ihre großen Architekten doch auch darauf verfallen, das Innere dieser Fabelwesen hinzustellen – ich meine: die Architekten müßten auch aus fabelhaften Knochen und Gräten Häuser zusammenbauen.«

»Sie meinen«, sagte der Baron, »eine Skelettarchitektur! Die hab ich aber in Melbourne auf der Weltausstellung noch nicht entdeckt. Ihr Einfall ist famos. Und ich möchte nach diesem Scherze fast behaupten, daß Sie meine Scherze garnicht so nötig haben, wie Sie denken. Vielleicht könnte mir mal so sein, als müßte ich täglich *Ihre* Scherze hören, meine Gnädigste.«

Da lachte die Gräfin Clarissa und bestellte Champagner – und dann tranken die beiden Champagner und rauchten kleine, sehr starke Cigarren aus Melbourne dazu.

Und es war schon nach elf Uhr, als dem Baron plötzlich einfiel, daß er ja die Hauptsache noch garnicht erzählt hatte.

»Meine Damen und Herren!« rief er daher plötzlich, und es wurde gleich ganz still, »fast hätte ich vergessen, Ihnen von den australischen Schwarzkünstlern zu erzählen. Das sollte ja die Hauptsache am heutigen Abend sein. Es ist nur leider immer wieder nötig, soviel Nebensächliches zu erzählen, da Ihnen der höhere Kulturzustand Australiens nicht geläufig ist. So muß ich Ihnen zunächst etwas über den sehr einfachen Palast der Schwarzkünstler mitteilen – in diesem Palaste sind die Fenster und Türen anders verteilt als in andern Häusern. Selbstverständlich sind in keinem einzigen Hause Australiens heutzutage die Fenster so verteilt wie in Berliner Stadthäusern – man stellt eben nicht mehr die Fenster wie gleichgekleidete Soldaten nebeneinander; – in dem Palaste der Schwarzkünstler gibt es hauptsächlich bauchig vortretende Fenster, und die lassen das Licht in ganz andrer Weise ins Haus. Geöffnet werden diese Fenster sehr selten, die Luftzufuhr findet auf andern Wegen statt. Und das Arrangement der Fenster im Schwarzkünstlerpalast ist so, daß das ganze Haus so aussieht, als wärs mit unglaublichen glotzenden Augen besät. Und wissen Sie, was die Schwarzkünstler in ihrem Palaste vorführen? Ja – die wollen durch ganz besondre Gerüche und Luftkompositionen die Stimmung des Menschen so beeinflussen, daß ihm ganz neue Empfindungssphären eröffnet werden. Einzelne dieser Schwarzkünstler experimentieren in einer ganz tollen Art: sie wollen ganz stupiden Leuten plötzlich eine weltgestaltende Phantasiekraft einimpfen – durch chemische Parfüms. Sie würden staunen über die Resultate, die diese Herren bereits erzielt haben; ich selber ließ mich als Versuchskaninchen gebrauchen und gestehe Ihnen, daß ich für ein paar Minuten in einer Geistesverfassung war, die mir selber ganz unbegreiflich erschien; ich sah plötzlich unirdische Wesen in einer Säulenlandschaft mit langgestreckten Kometen – und sah die ganze mir unbekannte Gegend bald im tollsten Aufruhr, bemerkte, wie aus den Säulen froschähnliche Geister herausquollen und mit den Kometen zu schäkern anfingen. Nun – kurz und gut: es war ja vielleicht sehr tolles Zeug, was ich da plötzlich vor mir sah. Aber ich kann mir doch nicht verhehlen, daß die chemischen Parfüms auf besser begabte Leute ohne Weiteres eine Gestalten bildende Kraft übertragen dürften. Verwechseln Sie die Geschichte nicht mit Opium und Haschisch. Ich habe die neue Empfindungssphäre nur für ein paar Minuten genossen. Es handelt sich aber bei diesen Experimenten um eine Steigerung der geistigen Kräfte des Menschen – und diese Steigerung kann natürlich nur Hand in Hand mit einer sehr komplizierten Diät gehen. Und die Geschichte verlangt eine längere Zeit. Sie sehen aber ohne Weiteres, wohin die Techniker und Chemiker in Australien gelangt sind: sie wollen einfach im schaffenden Künstler durch äußere Einwirkungen ganz neue Kräfte entwickeln. Sie wissen ja, daß man im Orient vor zweitausend Jahren die Wohlgerüche in Tempeln zur Erzeugung religiöser Stimmungen verwandte – nun will man die Geruchsgeschichten zur Erzeugung künstlerischer Stimmungen verwenden. Das Verfahren ist ganz konsequent – und da den Schwarzkünstlern viele Ärzte zur Seite stehen, so ist ein größeres Resultat zweifellos in Bälde zu erwarten. Ich konnte die Geschichte natürlich nicht abwarten, da ich ja nach Europa wollte. Sie sehen, wie Ärzte, Naturwissenschaftler und Techniker da unten an der Erdrinde zusammenwirken – nur um die Großartigkeit des künstlerischen Lebens noch großartiger zu machen.«

Da klatschten plötzlich alle Zuhörer und Zuhörerinnen mit den Händen zusammen und ein donnerndes ›Bravo‹ schallte durch die künstlich durchbrochenen Räume der Rabensteinschen Villa. Und die Diener rannten alle erschrocken herbei und wunderten sich sehr.

Der Baron aber fuhr fort:

»Auch ein kleines Wundertheater haben sich die Herren Schwarzkünstler erbaut. Das sollten Sie sehen. Da werden andre Stücke aufgeführt als in Europa. Da können Sie die abenteuerlichsten Gestalten mitten in imposanten Weltallswolken erblicken, und Sie können da beobachten, wie sich diese abenteuerlichsten Gestalten jenseits von Luft und Äther in anderen Weltregionen mit anderen Dingen unterhalten. So ohne Weiteres werden Sie den Vorgängen auf der kosmischen Schwarzkünstlerbühne nicht zu folgen vermögen, aber Sie werden durch die Direktoren ein bißchen informiert und lernen was vom Jenseits kennen – und diese Kenntnis tut gemeinhin sehr wohl, da sie uns mindestens die irdische Quarksphäre in einem anderen Lichte erscheinen läßt – in einem besseren. Denken Sie über diese meine Worte zu Hause mehr nach. Ich will nur noch erzählen, daß mir die Schwarzkünstler auch einen Einblick in das Innere eines Wassersterns gestatteten – und da sah ich so viele neue Tiere und Lebewesen – Quallenartiges und Korallenartiges, daß ich schließlich nicht mehr wußte, ob ich in Melbourne oder hinterm Sirius war. Vortrefflich brachten die Schwarzkünstler das Innere von Nebelflecken zur Vorstellung und auch die rotierenden Kugelsterne, die unsre Sonne umkreisen, kamen mir so klar zum Bewußtsein, daß ichs nie vergessen werde. Man denkt ja manchmal, man könnte sich ganz leicht vorstellen, wie die Erde mit dem Monde zusammen im Weltall herumkreist. Aber sieht man die Geschichte erst mal in großen kosmischen Dimensionen vor sich – so wie sie ein tausend Meilen langer Riese sehen würde – so merkt man erst, auf welchem seltsamen Sterne man sein sogenanntes Leben lebt. Und hat man sich allmählich an die großen Kugelsterne gewöhnt, so führen die Schwarzkünstler anders geformte Sterne vor – und schließlich ganz große Milchstraßensysteme. Nur ein derartiges Anschauungsmaterial kann wirklich kosmische Empfindungen in uns auslösen und uns dem großen mächtigen Weltleben näherbringen; die sogenannten Worte und einfachen Zeichnungen und stilliegende Malereien vermögen das nicht.«

Der Baron bat danach Fräulein Clarissa um einen Cognac, bekam ihn, trank ihn auf das Wohl der Familien Rabenstein und wollte sich eiligst wieder entfernen.

Da fragte aber die alte Gräfin Adolfine:

»Herr Baron, müssen Sie wirklich wieder nach Potsdam? Was machen Sie denn da?«

Da antwortete der Baron:

»Ja, ich muß heute noch einmal nach Potsdam; ich will da mit einigen Herren die soziale Frage lösen.«

Alles lachte.

Aber der Baron sagte bedächtig:

»Lachen Sie nicht so heftig; Sie wissen ja garnicht, wie großartig die australischen Schwarzkünstler sind. Sehen Sie: die Herren bringen sogar veritable Geister zur Erscheinung – jenseitige Lebewesen, die durcheinander durchgehen wie Kometenschweife durch Planeten. Glauben Sie, daß diese Herren Schwarzkünstler nicht einmal die soziale Frage lösen könnten? Wissen Sie denn, was ich von den Herren in Melbourne gelernt habe? Können Sie sich denn nicht vorstellen, daß ich in Potsdam ganz besondre Pläne einzelnen Herren unterbreiten könnte – Pläne, die uns einer glänzenden Lösung der sozialen Frage sehr nahe bringen? Allerdings habe ich bisher nur einen Witz gemacht: ich habe vorgeschlagen, kolossale Preisausschreiben für Künstler, Dichter und Gelehrte zu arrangieren – mit vielen und großen Preisen. Wenn ich das durchgesetzt habe, sind wir der Lösung aller sozialen Fragen sehr viel näher gekommen.«

Alles lachte.

Münchhausen empfahl sich.

Und zwei Minuten später fuhr sein Automobilschlitten eilig durch die Schneelandschaft nach Potsdam.

Der Mittwoch

Am Mittwoch kam der Baron Münchhausen erst um acht Uhr abends in die Rabensteinsche Villa, entschuldigte sich garnicht, tat sehr eilig und bestieg im großen Saale eine Galerie, die an einer Ecke weit vorragte und beinahe den Eindruck einer Kirchenkanzel machen konnte.

Auf dieser Kanzel hob der Baron hoch beide Arme empor und rief mit mächtig dröhnender Stimme:

»Mit dem menschlichen Leben ist im Großen und Ganzen nicht viel anzufangen; der Mensch hat nur einen einzigen Kopf und nur einen einzigen Rumpf und nur zwei Arme und nur zwei Beine. Ein derartiges, ziemlich unbeholfenes Lebewesen, das nicht einmal fliegen kann, ist natürlich nicht in der Lage, den großen Bildhauern Melbournes als Modell zu dienen. Die Bildhauer Melbournes lachen, wenn man ihnen von der europäischen Skulptur erzählt. Man will in Melbourne Gestalten schaffen, die ein Leben führen können, das größer und weltumfassender ist als das menschliche. Die anderen Gestalten werden daher mit Organen ausgestattet, die komplizierter sind als die menschlichen. Sie werden natürlich, meine sehr verehrten Herrschaften, gerne behaupten wollen, daß die menschlichen Organe doch eigentlich schon kompliziert genug sind – und daß es vielleicht ein etwas frevelhaftes Beginnen sein könnte, die menschlichen Organismen durch andere Organismen übertrumpfen zu wollen. Der Mensch weiß von der Großen Welt nur durch Vermittlung seiner Augen und Ohren etwas scheinbar Gegenständliches – die Geruchs-, Geschmacks- und Tastsinne gewähren dem Menschen nur noch wenige bestimmte Gegenständlichkeitsempfindungen. Und in diesen Sinneneindruckskreisen bewegt sich unser ganzes Leben, das dem von der Erkenntnistheorie nicht berührten Menschen so kompakt und fest erscheint. Der von der Erkenntnistheorie nicht berührte Mensch kann natürlich auch fürderhin seine naive Freude haben an dem, was ihm seine sogenannten fünf Sinne direkt vermitteln, für den Menschen aber, der da weiß, daß seine sogenannten fünf Sinne doch nur einen ganz kleinen Teil der Weltengroßartigkeit enthüllen, für den Menschen wird der Mensch als Darstellungsobjekt der Plastik ebenfalls nur einen verschwindend kleinen Faktor darstellen – und er wird wie die Bildhauer Melbournes über die Menschendarstellung hinauskommen wollen – er wird ganz anders als menschlich geartete Wesen sehen wollen. Und diesem Wollen kommt die Plastik Melbournes entgegen. Selbstverständlich unterschätzt man die Bedeutung des menschlichen Auges in Melbourne durchaus nicht – im Gegenteil; man will grade die anders gearteten Lebewesen andrer Welten dem menschlichen Auge näher bringen, sie auch für das menschliche Auge faßbar machen – denn sonst verlöre ja die Plastik allen Grund und Boden – der Plastik ist nur mit greifbaren sichtbaren Organen und Gliedern gedient – nicht aber mit unbestimmten Visionen und Empfindungsdelikatessen. Und ich will Ihnen gleich eine Melbourne-Skulptur schildern, um Ihnen zu zeigen, daß die Bildhauer in Australien doch weiter gekommen sind als die in Europa.«

Hiernach machten verschiedene der Zuhörer mit hochrotem Kopfe sehr eifrig Notizen in ihre Notizbücher, der Baron sah das, lächelte und machte eine kleine Pause, fuhr dann aber sehr lebhaft fort – wie folgt:

»Die Bildhauer Melbournes hatten anfänglich nur das Bestreben, an Stelle der menschlichen Beine andre Gliedmaßen zu setzen. Sie kennen ja, meine Damen und Herren, die Schlangenbeine der Titanen im Pergamon-Fries. Es handelte sich nun für die Australier darum, auch die Schlangen durch konzentriertere Gliedmaßen zu ersetzen, denn die Schlangenleiber sind ja nicht einmal so kompliziert wie die Menschenbeine. Aus diesen Beinbestrebungen heraus entwickelten sich nun Kompositionen, in denen alle Gliedmaßen aller irdischen Tiere, mit dem Denkbaren und Möglichen gemischt, schließlich Komposita hervorbrachten, in denen alles Irdische abgestreift erschien. So sah ich einen Brunnengott, der zwanzig dickknochige krebsscherenartige Beine hatte, deren Füße komplizierte feine Luftballons waren, die zusammengedrückt erschienen und aus denen ellipsoidartige Blasen mit grätenartigen Kämmen heraustreten. Die Beine selbst hatten in den krebsscherenartigen Auswüchsen so viele gelenkige Stacheln und Rüsselbildungen, daß ein Floh im Mikroskop ein ganz einfaches Tierchen dagegen sein würde. Und nun denken Sie sich jedes Bein und jeden Ballonfuß anders als den danebenstehenden. Und dann denken Sie sich bunte Wasserstrahlen aus jeder Rüsselbildung hervorspritzen. Und denken Sie sich die Rüsselbildungen an den äußeren Seiten der Krebsscheren – und denken Sie sich die Hauptglieder der Beine immer mit einem Dutzend von verschiedenartigsten Kniebildungen. Und über diesen Beinkompositionen müssen Sie sich nun einen ganz abenteuerlichen Riesenrumpf denken mit Ballons und Spiralschrauben – und oben an Stelle der Arme müssen Sie elegante blattartige Flügelbildungen denken mit trauerweidenhaft niederhängenden Flügelspitzen, aus denen ganz dünne Wasserstrahlen herunterschießen – dann haben Sie eine ungefähre Vorstellung von diesem australischen Brunnengott, der vielleicht auf der Rückseite des Sirius ein lebendiges Dasein führen dürfte. Von dem gewaltigen Kopfe dieses Brunnengottes will ich Ihnen lieber garnichts erzählen, um Sie nicht zu verwirren. Sie werden mir aber zugeben, daß Sie derartige Skulpturen in Europa noch nicht haben – und daß alle Ihre hiesigen Brunnenspäße wirklich ein quarkiges Garnichts gegen diese australische Brunnenskulptur sind. Und diese soeben geschilderte ist nur eine – unter Tausenden. Jawohl, meine Damen und Herren, unter Tausenden! Nun bekommen Sie eine Ahnung von der australischen Plastik, nicht wahr?«

Der Baron fächelte sich mit seinem seidenen Taschentuche ein wenig Luft zu. Währenddem stieg aber die Gräfin Clarissa auf der anderen Seite des Saales auch auf eine Galerie, die ebenfalls einen kanzelartigen Balkon besaß. Und da sprachen nun die Beiden hoch über ihren Zuhörern, wie im Mittelalter streitende Doktores taten, von zwei Kanzeln zueinander. Das Ganze sah beinahe wie eine mittelalterliche Disputation aus. Die Gräfin Clarissa sagte mit feierlich erhobener rechter Hand:

»So sehr ich auch, Herr Baron, von der geschilderten Plastik entzückt bin, so muß ich doch erklären, daß mir diese freie Kompositionsart hauptsächlich nur einen dekorativen Wert zu haben scheint. Der Beschauer kommt zu dem Kunstobjekte in kein intimeres Verhältnis, da er ein derartiges Wesen nicht mit dem, was er sonst zu denken gewohnt ist, in innigeren Zusammenhang bringen kann. Wenn ich an die komplizierten Gefühlsempfindungen denke, die ich dem Standbilde eines alten Freundes gegenüber habe, so erscheinen mir die Gefühlsempfindungen, die ich dem australischen Brunnengott gegenüber haben würde, ganz einfach – schrecklich einfach. Die intimeren Gefühlseffekte bleiben dem komplizierten

Werke gegenüber aus – und dadurch wird dieses für mich einfacher als das einfache Bild des alten Freundes.«

»Sie wollen sagen«, versetzte Münchhausen von seiner Kanzel aus, »das Neue sei nicht so interessant wie das Alte. Ich übersehe dabei, daß Sie mir damit eigentlich eine kleine persönliche Schmeichelei sagen wollen – und möchte nur bemerken, daß Sie ja das Neue noch garnicht gesehen haben; es könnte Ihnen doch, wenn Sies mehrmals gesehen, auch seine intimeren Reize entfalten. Das Intime hängt doch nicht nur an den Erinnerungen gemütlicher Art; es gibt doch auch noch andre Assoziationen, die nicht gemütsartig sind und doch sehr scharf wirken – durch neue Gedankenreihen, die auch durch ihre Neuheit einen komplizierten Gefühlseindruck auslösen.«

»Unterschätzen Sie auch nicht«, fragte die Gräfin, »den Erinnerungswert in der Kunst?«

Da erwiderte Münchhausen:

»Mein sehr verehrtes, gnädiges Fräulein, vergaßen Sie auch nicht bei Ihrer letzten Frage, daß ich immer noch hundertundachtzig Jahre alt bin und in den letzten drei Tagen drei Tage älter geworden bin und nicht jünger? Und vergaßen Sie auch nicht, daß alte Leute über die Bedeutung der Erinnerungswucht ganz gehörig nachzudenken pflegen – schon im achtzigsten Jahre? Und haben Sie daher nicht bedacht, daß ich über hundert Jahre über den Wert der Erinnerungsassoziationen *auch* nachgedacht habe? Entschuldigen Sie gütigst, gnädigste Gräfin, daß ich so rhetorisch rede, aber ich möchte nur feierlich erklären: es haben alle Dinge auch ihre Schattenseiten – und ganz gewiß auch die neuen Dinge; manche Dinge werden von uns nur durch ihren Erinnerungswert voll und bedeutsam, aber manche Dinge werden uns auch durch ihren Erinnerungswert abgeschmackt und banal. Dies ist eine veritable Tatsache, die von den Bekämpfern des Neuen nicht vergessen werden darf.«

»Aber, Herr Baron«, rief da die Gräfin, »ich bekämpfe ja nicht das Neue; ich möchte nur vor dem Neuen noch mehr empfinden als vor dem Alten – und daher wagte ich, Ihren geschätzten Ausführungen ein paar Worte entgegenzusetzen.«

Da sagte der Baron:

»Was ich Ihnen von der australischen Brunnengottheit schilderte, sollte ja natürlich nur ein dekoratives Stück sein; das Intimere der Melbourne-Plastik soll ja gleich nachher kommen. Ich will nur noch bei der dekorativen Außenseite ein wenig verweilen, da später dazu keine Zeit mehr übrig sein könnte. Sehen Sie nur: die australischen Bildhauer sind nicht nur bemüht, ihre Bildwerke mit den Wasserkünsten in Verbindung zu bringen; sie wollen auch das Licht, das Feuerwerk und die glänzenden Materialien aus Glas und Stein mit ihrer Plastik zusammenführen. Dadurch wird die dekorative Seite ihrer Kunst so lebhaft beeinflußt, daß man allerdings von den intimeren Wirkungen der Kunst anfänglich nicht viel sagen kann, nicht viel sagen darf – da ein allzu rücksichtsloses Vorgehen nach der einen Seite immerhin Schädigungen auf anderen Seiten hervorruft. Dadurch soll man aber nicht traurig werden – und hauptsächlich nicht ängstlich. Grade die Ängstlichkeit sollte man sich in der Kunst abgewöhnen – wenn auch da und dort durch ein allzu lebhaftes Vorwärtsstürmen etwas zerstört wird – nur nicht ängstlich werden! – das Zerstörte kann auch leicht wieder rekonstruiert werden. Und – für die Ewigkeit, das vergessen Sie nicht, Fräulein Clarissa, wird überhaupt keine Kunst gemacht; die Ewigkeit ist ja viel zu ausgedehnt. Man muß sich immer rechtzeitig daran gewöhnen, daß alles, was Menschen machen, auch mal zugrunde geht. Auch der alte Münchhausen wird mal zugrunde gehen; das ist nun mal nicht anders; daran muß man sich eben gewöhnen.«

Da nahmen alle anwesenden Damen ihre Taschentücher vor und fingen an zu weinen. Und die Gräfin Clarissa nahm auch ihr Taschentuch vor und fing auch an zu weinen und verließ weinend ihre Kanzel.

Da schlug der alte Münchhausen mit der Faust auf die Brüstung seiner Kanzel und rief zornig:

»Aber, meine Damen, zum Weinen sind wir hier wahrhaftig nicht zusammengekommen.«

»Ich dachte doch«, rief da unten angekommen die Gräfin Clarissa, »Sie, Herr Baron, wären wenigstens unsterblich.«

»Bin ich auch«, versetzte der Baron, »aber gleichzeitig weiß ich auch, daß wir alle unsterblich sind. Es kommt jedoch nicht darauf an, daß unsre sogenannte Persönlichkeit unsterblich ist – wenn nur unsre gute Laune unsterblich ist – die ist noch wichtiger als unser liebes Ich.«

Da lachten alle Damen und steckten ihre Schnupftücher ein. Und die Herren lachten auch und klatschten in die Hände. Und einzelne der Anwesenden riefen mit gedämpfter Stimme »Bravo!« –

Der Baron verbeugte sich, lächelte verschmitzt und fuhr fort:

»Ich habe die Bildhauer Melbournes auch in ihren Ateliers aufgesucht, die sich sämtlich im Ausstellungsgebäude befinden. In diesen Ateliers findet man keine weiblichen und männlichen Modelle; mit Kindereien gibt sich der australische Bildhauer nicht mehr ab. Es fällt den Leuten dort unten in der Nähe des Südpols nicht mehr ein, die Großartigkeit der Natur durch sklavisches Nochmalmachen festlegen zu wollen; dazu sind doch die photographischen Apparate da – die hätten ja sonst gar keinen Zweck. Dagegen finden wir in diesen Ateliers Lebewesen vom Saturn und vom Sirius und von vielen anderen Sternen und Nebelflecken. Da können Sie Organe sehen, mit denen man nur das Leben auf und in den Meteoren mitempfinden kann. Andre Organe reagieren nur auf das kolossale Leben, das sich weitab in anderen Milchstraßensystemen entwickelt. Und derartige seltsame Organe geben den fremdartigen Gestalten ganz wundervolle, höchst intime Reize. Sie dürfen nicht glauben, daß diese Organe einfache Teleskopgestalt haben; diese Organe gehen zumeist weit über die Augenform hinaus – mit sehr sinnreich durchdachten Gliedmaßen, die öfters komplizierte Ohrenform zeigen. Für ganz abnorm erklärt der Bildhauer Melbournes die irdische Ernährungsart; er setzt überall auf anderen Sternen eine andere Körperhaltung als die unsere voraus und kommt dadurch eben zu ganz anderen Lebensbedingungen und dementsprechend zu ganz anderen Körperformen und Gliedmaßen. Auch hält der australische Bildhauer das Gehsystem des Menschen für sehr primitiv und unbequem, was ich, wenn ich an meine alten Beine denke, sehr wohl verstehen kann. Ich halte es auch für besser, wenn uns an Stelle der Hühneraugen tragende Luftballons wachsen. Man denkt in Australien auch an verfeinerte Flügel – ist da überhaupt, wie gesagt, in jeder Beziehung weiter als hier in Europa. Daß man sich die Fortpflanzung der außerirdischen Lebewesen nicht irdisch denkt, brauche ich ja wohl nicht hinzuzufügen, da ja das Lächerliche und Unbequeme der tellurischen Artentstehung zur Genüge bekannt ist. Stellen Sie sich Wesen vor, die an Stelle der Ohren sehr bewegliche Luftballons mit komplizierter Flügelbildung besitzen – stellen Sie sich Wesen vor, die an Stelle des Rumpfes einen baumartigen Leib mit komplizierten, weit ins Freie greifenden Wurzeln haben – stellen Sie sich Wesen vor, deren Köpfe statt der Haare mit weiten blattartigen Schirmkompositionen ausgestattet sind – stellen Sie sich Wesen vor, die ihren ganzen Leib wie ein dickes Tuch um ihren Kopf wickeln und darin verschwinden können – wie die Schnecke in ihrem Haus! Und dann – müssen Sie sich auch kleine Sternkörper denken, deren Gliedmaßen wie die Stacheln des Igels hervorragen. Ach, meine verehrten Damen und Herren, es wird mir außerordentlich schwer, Ihnen eine Vorstellung von allen diesen Jenseitsdingen zu geben – Sie müssen schon mit Ihrer Phantasie mitarbeiten. Leider habe ich die Photographieen, die ich mir in Melbourne kaufte, auf der Herreise verloren.«

Da riefen viele Damen wieder »Oh!« und »Ach!« und auch viele Herren schüttelten traurig mit dem Kopfe.

Und der Baron kam von seiner Kanzel herunter in den Saal und bat um eine kleine Erfrischung.

Und während nun im Stehen etwas gegessen und getrunken wurde, erklärte der Baron den Nächststehenden die Wandskulpturen der Rabensteinschen Villa und sagte schließlich:

»Es wird mir immer unbegreiflich bleiben, wie nahe verwandt diese Wandplastik mit der australischen Plastik ist; Sie sehen auch hier in den durchbrochenen Arbeiten überall statt der früher üblichen Astplastik – Schlangenleiber mit beliebigen Gliedmaßen und an Stelle der früher üblichen Blätter dünnere und dickere Flügel. Nun denken Sie sich all Dieses in Australien tausendfach verfeinert, dann haben Sie einen kleinen Begriff von dem großen Jenseits am Südpol. Dort denkt man auch höchst heftig über neue bequeme Kunstmaterialien nach und macht die entzückendsten Geschichten mit einfachem Zink und Blech. Ein gutes Kunstmaterial soll ja doch nur haltbar und leicht zu bearbeiten sein; auf die *Kostbar*keit kommts doch nicht an. Der *Kunst*wert allein entscheidet. Gold sieht man dort unten in den Ateliers sehr selten, öfters noch Silber – aber auch viel Blei, und einzelne Künstler arbeiten mit sämtlichen Steinen und Metallen, dies gibt – und suchen auch durch Legierungen und Verbindungen neue Stoffkompositionen mit neuen Eigenschaften herzustellen. Ein Kunstwerk nur aus einem Materiale herstellen zu wollen, ist ja der leichter herzustellenden einheitlichen Wirkung wegen auch da unten immer noch sehr beliebt – aber man empfindet diese einfache Einseitlichkeit nicht als ein Bestes. Hier in der Rabensteinschen Villa sehen Sie ja auch Stein, Holz und Metall vielfach zusammengestellt, ohne daß die einheitliche Wirkung darunter leidet.«

Nach diesen Worten bat die Gräfin Clarissa den Baron, für einen Augenblick ihr in eine tiefe Fensternische zu folgen.

Und dort sagte sie ihm:

»Morgen bin ich in Berlin, kann ich Sie nicht vormittags um elf Uhr im Café Josty am Potsdamer Platz sprechen?«

»Selbstverständlich«, sagte der Baron, »mit Vergnügen. Ich bin pünktlich da; Sie können sich fest darauf verlassen.«

»Danke schön!« sagte die Clarissa.

Und danach gingen sie wieder in den Saal, und der Baron sprach weiter zu dem kleinen Kreise, der ihm vorhin zugehört hatte.

Da ward es aber plötzlich ganz still im Saale, sodaß Alle zuhören konnten.

Und der alte Münchhausen sagte:

»Es ist doch ganz unerhört von der Gräfin Clarissa, daß sie behaupten möchte, die intimen Wirkungen könnten bei der Melbourne-Plastik ausbleiben. Ist denn ein Kunstwerk, das uns zwingt, unsre Gedanken in ganz andre Sternallwelten hineinzuzwängen, nicht ohne Weiteres geeignet, unsre Empfindungssphäre mit unsäglich vielen komplizierten Nebenvorstellungen anzufüllen? Andrerseits – ist nur die Plastik, die in kleinen Dimensionen sich uns darbietet, ganz alleine imstande, eine intime Stimmungswirkung in uns zu erzeugen? Kann man nicht auch vor einer Plastik mit kolossalen Dimensionen eine intime Wirkung verspüren? Stellen Sie sich vor: die größte Plastik kam in Melbourne erst, als ich einige Tage da war, zur Erscheinung; von einem großen Berge, der sich an der einen Spitze der Seeellipse befand, fiel plötzlich die ganze Architektur, die nur Gerüstarchitektur war, herunter – und wir sahen statt des Berges ein astrales Ungeheuer von kolossalen Dimensionen. Knorrige wilde Arme von sechsfacher Baumstammdicke reckten sich hoch auf und hatten Fackeln in den komplizierten Krallen. Und mitten im Felsen zwischen all den mächtigen Baumarmen war ein Medusenhaupt zu sehen mit einer zwanzig Meter langen Steinnase. Und der obere Teil des Berges bildete den Schädel des Medusenhauptes. Oh – ein famoser Schädel mit tiefen Furchen, in denen unzählige bunten Steine funkelten! Und des Abends fing das ganze große Medusenhaupt zu glühen an – und spiegelte sich im See. Und die riesigen Augen des Kopfes wurden furchtbar, aber sie schlossen sich nach einer Weile. Und dann wurden die Stirnfurchen heller. Und wenn die Augen wieder aufgingen, schlugen oben auch die Flammen aus den Fackeln heraus. Und das Ganze spiegelte sich immer wieder im See.«

Der Baron erhob sich und wollte fort.

Aber die alte Gräfin Adolfine vom Rabenstein sagte traurig:

»Müssen Sie heute schon wieder nach Potsdam?«

»Nein«, sagte der Baron, »heute nicht.«

»Dann«, rief die alte Gräfin, »lassen wir Sie noch nicht fort – Sie müssen uns erst noch was Neues von Potsdam erzählen.«

Der alte Münchhausen setzte sich und sagte langsam:

»Na ja – nachher! Man vergißt so viel, wenn man so viel zu erzählen hat. Da fällt mir eben noch ein, daß die Bergplastik garnicht einmal die Plastik war, die in Melbourne mit den größten Dimensionen arbeitete – die sogenannte Lichtkettenplastik war noch viel größer. Sie erinnern sich, daß abends immer achtzehn Fesselballons zum Himmel emporstiegen. Als nun mal der Himmel so bewölkt war, daß man die Ballons, solange sie dunkel waren, garnicht sehen konnte, da erleuchtete man die Ketten, mit denen die Ballons aneinander und an die Erde gefesselt waren, nicht in der gewöhnlichen Art – man schuf durch neue Lichtketten oben in der Luft plötzlich Lichtungeheuer. Da sah man die ganze Melbourne-Plastik oben im Himmel. Und das war ein Anblick! Und die Plastik von Licht wurde oben in jeder halben Stunde ganz anders – man konnte auch allmähliche Veränderungen sehen. Stellen Sie sich die Gliedmaßen der

Ungeheuer aus unzähligen elektrischen Flammen gebildet vor – in tausend und aber tausend Farben. Und stellen Sie sich diese Lichtglieder in Bewegung vor. Einzelne Besucher wollten schließlich auch einen Kampf der Lichtungeheuer sehen. Da kamen sie aber bei den großen Bildhauern Melbournes schön an; die erklärten, daß die großen astralen Wesen, die von ihnen verkörpert würden, an Kämpfen keine Freude hätten; die Kämpfe wurden ›kindliche Erziehungsmittel unintelligenter Barbarenvölker‹ genannt.«

Hiernach sprach man in der Rabenstein-Gesellschaft vieles über den Krieg und über die bedauerlichen Kämpfe der Menschen untereinander.

Münchhausen aber sagte noch zum Schlusse:

» *Ein* plastisches Kunstmaterial hätte ich bald vergessen: das durchsichtige Glas! Na – das ist ja ein ganz besonderes Thema, von dem ich Ihnen morgen mehr erzählen will. Heute bin ich zu müde.«

»Aber«, rief da die alte Gräfin Adolfine vom Rabenstein, »Sie wollten uns ja noch was Neues von Potsdam erzählen. Das können wir Ihnen nicht erlassen. Früher dürfen Sie nicht fort.«

Der Baron wurde sehr ernst und sprach leise:

»Es wäre mir nur sehr peinlich, wenn Sie mir das Neue, das ich Ihnen von Potsdam erzählen könnte, nicht glauben würden; es klingt nämlich einfach unglaublich.«

»Wir glauben Alles!« rief man da gleich von allen Seiten.

Da sagte der Baron leise:

»Ich habs durchgesetzt, daß das Tempelhofer Feld nicht mehr zu Paradezwecken verwandt wird; man will aus dem Tempelhofer Felde einen großen Stadtpark mit Melbourne-Skulpturen machen. Man will aus naheliegenden Gründen fortan auf sämtliche militärische Paraden verzichten. Das klingt unglaublich, ist aber wahr; man sieht eben ein, daß man mit den ›unkünstlerischen‹ Militärausstellungen nur einen peinlichen Eindruck in dem ›künstlerischen‹ Teile der Bevölkerung erweckt. Darum rufe ich begeistert: die Melbourne-Plastik auf dem Tempelhofer Felde zu Berlin – lebe hoch!«

Stürmisch riefen alle ebenfalls »Hoch!« –

Sie riefen es mehrere Male.

Und drei Minuten später fuhr der Baron in seinem Schlittenautomobil von dannen – durch den Grunewald nach Berlin.

Der Donnerstag

Am Donnerstag saß die Gräfin Clarissa vom Rabenstein vormittags um elf Uhr bei Josty und aß Nußtorte mit Schlagsahne; dabei sah die Gräfin unverwandt auf den bewegten Potsdamer Platz und dachte an ihren Baron.

Und fünf Minuten nach elf Uhr fuhr Münchhausens Automobil vor.

»Entschuldigen Sie gütigst«, sagte gleich darauf der alte Herr, »daß ich fünf Minuten später gekommen bin. Ich war im Ministerium der öffentlichen Arbeiten, und leider läßt sich in meinem Alter alles nicht mehr so schnell abwickeln wie einst in der Mitte des achtzehnten Jahrhunderts, als man noch Haarbeutel trug und weißseidene Strümpfe.«

»Herr Baron«, erwiderte die Gräfin, »wir wollen aber nicht über Haarbeutel und Strümpfe sprechen. Wir leben heute in einer ganz und gar toten Zeit, die wir lebendig machen müssen. Und wollen wir sie lebendig machen, so müssen wir Alles umkrempeln. Und nur Sie allein, Herr Baron, können zur Umkrempelung aller Dinge etwas Wesentliches beitragen.«

»Wollen Sie«, fragte der alte Herr, »nicht auch dazu beitragen? Ich allein werds nicht können – was Wesentliches zu tun; Sie müssen nämlich wissen, daß man sich in Berlin nicht im mindesten wundert, daß ich hundertundachtzig Jahre alt bin. Die Zeit im Jahre eintausendneunhundertundfünf ist tatsächlich ganz tot – mausetot. Und dabei haben wir im Osten die furchtbarsten Kriege und Revolutionen. Aber das hilft alles nichts; die Zeit ist tot und bleibt tot – trotz alledem.«

»Wir müssen«, gab da die Gräfin leise zurück, »uns in ganz besonderer Art in Scene setzen. Ich habe eine Idee, Herr Baron. Aber – darf ich ganz offen sprechen?«

»Selbstverständlich, meine Gnädigste«, erwiderte der alte Herr lebhaft, »vor mir brauchen Sie doch keine Furcht zu haben – ich bin doch alt genug.«

»In einer Zeit«, fuhr nun leise die Gräfin fort, »in der Alles tot ist, pflegen schließlich die Frauen am leichtesten Leben in die Bude zu bringen. Daher gibts heute so viele Frauen, die auch eine rein geistige Bedeutung haben möchten. Natürlich ist die nicht von heute bis morgen zu erringen. Die Frauen müssen dabei zunächst immer wieder sagen: Mamaspielen oder Nichtmamaspielen – das ist jetzt die Frage. Die kindliche Meinung, daß das Mamaspielen eine Naturnotwendigkeit für die Frau sei, muß doch beseitigt werden. So viel dumme Frauen, daß das Menschengeschlecht nicht ausstirbt, wirds natürlich immer noch geben. Für die intelligenten Menschen darf das irdische Sexualleben nach meiner Meinung nur symbolischen Wert haben – es soll uns immer wieder nur zu der Erkenntnis zwingen, daß unser Leben im Zusammenhange mit dem Leben größerer Welten bleiben muß – daß unser Leben ganz herausgehoben aus einem größeren Weltenleben keinen tieferen Sinn hat. Andrerseits darf das intelligente Lebewesen – also auch die intelligente Menschenfrau – nicht die Meinung in sich aufkommen lassen, daß das ewige Nochmalmachen der Lebewesen auch die Aufgabe der Intelligenten sei. Das wäre doch zu dumm für die Klugen. Das ewige Nochmalmachen ist doch auch nur ein etwas umständlicher Ironiespaß der Erdrinde. Der muß als solcher erkannt werden. Und daher lehne ich das Mamaspielen einfach ab. Und aus diesem Grunde möchte ich mit Ihnen, Herr Baron, sehr gerne nächsten Montag – wie man so sagt – *durchgehen*. Das gibt einen brillanten Skandal, und dieser Skandal kann vortrefflich im Interesse der Umkrempelung aller Dinge verwertet werden.«

Die Gräfin bestellte Cognac.

Und der Baron sagte, nachdem sie beide getrunken hatten:

»Hiernach sage ich nicht: Durchgehen oder Nichtdurchgehen – das ist hier die Frage. Ich sage ganz einfach: völlig einverstanden – wir gehen nächsten Montag ganz einfach durch. Was aber wird Mama und Papa sagen?«

»Der Papa«, erwiderte die Clarissa, »freut sich, wenn ich mich mal ein bißchen lebendig zeige. Und er fürchtet nicht, daß ich jemals zu den minderwertigen Elementen gerechnet werden könnte. Und die Mama wird stets den Ansichten meines lieben Papas zustimmen. Mit meiner Abneigung gegen das Mamaspielen sind meine Eltern durchaus einverstanden.«

»Nun wird man«, sagte der Baron, »uns ganz bestimmt für ein Liebespaar halten.«

»Und darüber«, versetzte die Clarissa, »werden wir uns immer wieder lustig machen. Und dabei werden wir den Leuten den Kopf ganz gehörig verdrehen – das ganze Eheleben muß gründlich gelockert und reformiert werden. Natürlich – das gute Volk wird auch fürderhin den banalen Weg der sogenannten Natur gehen – aber man soll uns nicht noch mal sagen, daß das sogenannte Naturleben auch für die Höherstehenden maßgebend ist; die ganze Fortpflanzungsgeschichte ist auf der Erdrinde nur dazu da, daß einzelne schöpferische Menschen die Geschichte überwinden lernen – und bei diesem Überwinden das Schaffen lernen.«

»Gnädigste Clarissa«, sagte da der Baron mit einer kleinen Träne im rechten Auge, »immer befand ich mich in meinem langen Leben auf der Jagd nach dem Unglaublichen. Und für das Unglaublichste hielt ich immer eine Frau, die im puren Geistigen ganz und gar aufgeht und nichts Andres mehr haben will. Und das Unglaublichste fand ich –«

»Halten wir uns nicht mit Schmeicheleien auf«, erwiderte hastig und errötend die Gräfin Clarissa, »dasselbe könnte ich ihnen ja in ähnlicher Fassung sagen. Wir wollen aber immer sachlicher und immer weniger persönlich werden. Darum möchte ich Ihnen gleich sagen, was mir das Wichtigste im Gedankenleben meines Daseins erscheint: ich wollte die Notwendigkeit des Unzulänglichen im menschlichen Leben mit vernünftigen Gründen festlegen. Und da wurde mir sehr bald klar, daß auf der Erdrinde vor allem Andern selbständig schöpferische Lebewesen entstehen sollten – und daß schließlich Alles zunächst nur um dieser willen da ist. Betrachten wir das Erdenleben von diesem Gesichtspunkte aus, so haben selbstverständlich die Komplikationen der Sexualität und der Erwerbsverhältnisse für die Schaffenden einerseits nur Stachelwert, andrerseits nur symbolischen Wert. Auch das große fortwährende Sterben in der Natur der Erdrinde soll den Schaffenden nur klar machen, welchen kolossalen Wert für das Weltleben die Schaffenden haben – diejenigen, die genauso wie die Götter aus vorhandenen Faktoren neue Welt-, Kunst- und Lebenskompositionen erzeugen. Und daß diese Schaffenden danach natürlich nicht im Sexual-

und Nahrungs- und Genußquark aufgehen dürfen – das ergibt sich ja ohne Weiteres von selbst. Auch die menschlichen Macht- und Potentatengeschichten sollen für die Schaffenden nur symbolisch auf die Wichtigkeit der schaffend führenden Geister hinweisen. Wie grandios ist es in der Erdrindennatur ausgesprochen, daß viele Billionen ›Kreaturen‹ ruhig qualvoll zugrunde gehen können, wenn nur ein einziger Neuschaffender entsteht. Wie deutlich wird uns in der menschlichen Geschichte immer wieder vorgeführt, daß die großen Menschenmassen immer wieder nur um des großen Einzelnen willen tätig sein müssen.«

»Sehr fein!« bemerkte der Baron bedächtig, »nur wollen wir uns nicht gänzlich in dieser Anschauungsart verlieren; wir müssen auch einsehen, daß alle Kreaturen zusammen ganz prächtig höhere Ideen zum Ausdrucke bringen – nämlich so, daß auch alle dummen Gegenbemerkungen zu diesen höheren Ideen durch die dummen und weniger umfassend denkenden Kreaturen zur ausdrücklichen Erscheinung gelangen. Wir dürfen dabei auch nie vergessen, daß die besten, schöpferisch lebenden und denkenden Menschen schließlich auch noch immer Kreaturen den größeren Geistern gegenüber bleiben – und daß die ständige Weiterentwicklung der schöpferisch tätigen Menschen höher gestellt wird als ihre Vollendung, die ja einen Abschluß und ein Ende bedeutet, das nirgendwo in unsrer unendlichen Raumsphäre wünschenswert erscheint. Auf das Wohl der symbolischen Geheimsprache der großen Erdrindennatur müssen wir jetzt eine Grätzer trinken, meine Gnädigste.«

Und sie tranken das Grätzer Bier mit andächtigen Gefühlen, und die Gräfin Clarissa fuhr also fort:

»Das Sexuale hat für die Schaffenden nach meiner Meinung hauptsächlich die Absicht, den Schaffenden immer wieder vor Augen zu führen, daß sie eine Teilerscheinung einer viel größeren geistigen Welterscheinung bedeuten; der Schaffende wird durch das Sexuale immer wieder verhindert, sich am Ziel als große Gottheit zu sehen; der Schaffende soll sich immer weiter entwickeln und nicht zu früh auf seinen Lorbeeren ausruhen wollen – überhaupt nicht ausruhen wollen.«

Da lachte der Baron und sagte:

»Darüber werden sich die Künstler nicht freuen, daß sie sich garnicht ausruhen sollen. Aber was Sie sagten, gilt auch nur für diejе-
nigen, die im höchsten Sinne Schaffende sind. Die Kleinen können
schon mal ausruhen, damit sie den Großen nicht stören.«

Dazu sagte die Gräfin:

» *Den* Großen möchte ich nicht – *die* Großen wären mir lieber.
Außerdem möchte ich jetzt so fix wie möglich aus unsern köstlichen
Höhen wieder heruntersteigen und das Bemerkte für die Frauen,
die zu den Schaffenden emporsteigen wollen, fruchtbar machen.
Diese Frauen werden mit dem Madonnenkultus schnell aufräumen
müssen; sie werden nicht mehr in der sogenannten Mutter eine
ehrwürdige Erscheinung erblicken – sie werden den ganzen Famili-
enkult den Masseninstinkten überlassen – und sich für berechtigt
halten, sich über Liebe, Ehe und kleines Kind lustig zu machen. Die
scheinbar ehrwürdigen Institutionen unsrer Entstehungs- und Exis-
tenzkomödie werden von der Frau, die ich meine, nur für saftige
Späße jenes hohen Geistes, der über uns ist, angesehen werden.
Und nun kommts: wollen wir in diesem Sinne umkrempelnd wirken, so müssen wir durch unsre freie Vereinigung, Herr Baron,
Propaganda für unsre Anschauungen machen.«

Der Baron erwiderte:

»Vergessen wir aber nicht, daß das Umkrempeln aller Dinge eigentlich die Aufgabe derer ist, die Schaffende im höchsten Sinne
sein wollen.«

»Nein, nein«, rief da die Gräfin, »diese Schaffenden müssen un-
terstützt werden in ihrem Schaffen, dürfen aber nicht zum Umkrempeln aller Dinge mißbraucht werden. Dieses Umkrempeln
können auch weniger weit entwickelte Lebewesen veranstalten.«

Der Baron küßte jetzt der Gräfin die Hand und sagte feierlich:

»Sie haben ja wieder mal Recht: wir haben eigentlich nur die
Aufgabe, den Schaffenden die Wege zu ebnen. Und daher müssen
wir zunächst das Eheleben durch ein gutes Beispiel reformieren.
Wir müssen alles Madonnenhafte verächtlich machen – die heiligs-
ten Gefühle brutal verletzen. Wenn uns das gelingt, werden wir ja
eine schöne Gesellschaftsrevolution erzeugen. Ich fürchte nur, daß
uns verschiedene Damen sehr mißverstehen werden; man wird an

die Damen, die auch nicht Ehefrau und nicht Mutter werden wollen und nur an der Abwechslung Geschmack finden, auch sehr heftig bei unsrer Ehereform denken – und uns mit diesen Damen in einen Topf werfen wollen.«

»Haben Sie«, sagte da die Clarissa, »vielleicht Angst? Ich nicht. Wenn der Sache auch ein kleiner cynischer Beigeschmack gegeben wird – das schadet doch nichts; wir wissen doch viel zu genau, daß wir uns auf dem richtigen Wege befinden und daß wir doch nur Kind und Ehe forthaben wollen – ganz gleich wie. Der keusche Cynismus könnte so leicht modern werden. Machen wir doch Propaganda für diesen keuschen Cynismus; die vereidigten Väter und Mütter werden sich schon gehörig aufblähen.«

»Clarissa, Sie sind mutig!« rief da der Baron.

Aber die Clarissa sagte lachend:

»Sie haben mich zum ersten Mal mit meinem Vornamen genannt, jetzt müssen Sie mich auch duzen. Darf ichs auch?«

»Ja«, sagte schmunzelnd der alte Münchhausen. »Aber ich habe ja keinen Vornamen.«

»So nenne ich Dich Münch!« rief die Clarissa.

Danach tranken die Beiden noch eine Grätzer, und die Clarissa sagte dabei:

»Weißt Du Münch, was mir am meisten Spaß machen würde bei dieser Geschichte?«

»Nein«, sagte der Münch.

Und da sagte die Clarissa:

»Wenns auch in der Geburts- und Geldaristokratie modern wird, keine Kinder mehr zu bekommen, so werden sich ja diese Herrschaften ohne Weiteres bereit finden lassen, eine Erbschaftssteuer von 90% anzunehmen. Das gibt ja eine ganz famose *soziale* Revolution! Außerdem würden ja die Herrscherfamilien, wenn das Familienleben unmodern wird, sehr schnell aussterben! Und dieses Aussterben wird natürlich auch das Umkrempeln aller Zustände lebhaft befördern.«

Da lachten alle Beide, daß sich die Kellner ganz verwundert umschauten.

Da zahlte denn der Baron und fuhr dann gleich mit der Clarissa zum Wannsee hinaus. –

In der Rabensteinschen Villa kamen die geladenen Gäste am Donnerstag schon um fünf Uhr an, da sie sämtlich zu einem großen Diner geladen waren.

Der alte Münchhausen kam mit der Clarissa erst fünf Minuten vor fünf Uhr an.

Und der alte Graf Adolf vom Rabenstein kam den beiden lachend entgegen und meinte gutmütig:

»Ganz seltsam, Herr Baron, daß Sie heute meine Tochter in der Stadt getroffen haben. Ich freue mich nur, daß Sie rechtzeitig zum Essen gekommen sind. Es ist ein sehr gutes Zeichen, daß Sie bei allen geistigen Genüssen und Perspektiven auch die irdischen Bedürfnisse nicht gänzlich aus dem Auge verlieren. Man verliert ja nicht so viel dabei, aber meine Frau sagt immer: praktisch sein – kann niemals schaden.«

Als es nun offenbar wurde, daß sich die Gräfin Clarissa mit dem alten Münchhausen duzte, da trank der alte Graf Adolf vom Rabenstein auch gleich Brüderschaft mit dem Baron. Und die Gräfin Adolfine tat dasselbe. Die Berliner Berühmtheiten staunten sehr und dachten, jetzt würde gleich eine Verlobungsanzeige kommen; aber die kam nicht.

Der Baron Münchhausen saß zwischen dem Grafen Adolf und der Gräfin Adolfine und hielt den Mund nicht einen Augenblick still.

»Nein«, rief er bei der sechsten Auster, während die Versammelten sämtlich aufhorchten, »der erste Donnerstag in der Melbourne-Ausstellung war famos; das können Sie mir glauben. Als ich in meinem Hotelzimmer frühstückte, sah ich auf den See hinaus und bemerkte da im Morgensonnenglanz unzählige dicke bunte Kugeln, die auf dem See herumschwammen. Ich rief den Kellner und fragte, wozu die Kugeln gut seien. ›Das sind Kunstblumenfrüchte‹, bekam ich zur Antwort. Und bald sah ich auch, daß das stimmte. Eine Kugel nach der andern brach auf und ließ große Blattgewächse aus ihrem Innern herauswachsen. Bald war der ganze See voll künstlicher Blumen, die immerzu zusehends wuchsen. Es ist ein Kunststück, so was Wachsendes zu beschreiben. Das läßt sich garnicht beschreiben. Und ich kann Ihnen nur so viel davon erzählen, daß Sie eine ungefähre Vorstellung bekommen. Die Blätter, die da entstanden, waren natürlich gar keine Blätter in unserm Sinne. Manche hatten etwas Eisblumenartiges und waren vielfach durchbrochen, andre hatten seltsame knorrige Äste, auf denen sich große Fächergewächse entwickelten – in Wandschirmgröße. Natürlich fuhren alle Ausstellungsbesucher in ihrem Hotelzimmer auf den Drahtseilbahnen über dem See herum, sodaß man das Wachstum dieser Kunstblüten mit Bequemlichkeit verfolgen konnte. Die Maschinerieen in den Fruchtkugeln wurden aber nicht gezeigt, obschon viele Besucher sich grade für die technische Seite dieses Ausstellungswunders interessierten. Natürlich wurde sehr viel Draht und sehr viel Papier bei diesen Kunstblumen verwandt – aber auch viele andere Materialien ließen sich feststellen. Große Bewunderung erregten riesige Blumen, die wie bunte Spinngewebekompositionen aussahen und aus lauter Fäden und Netzen bestanden. Dann gab es große wehende Schleierblumen mit Kelchen, die aus dünnsten Tuchstoffen bestanden und im Winde anmutig hin und her baumelten.«

Hiernach aß der Baron erst wieder ein paar Austern und sprach dabei leise mit der Gräfin Adolfine.

Und erst nach einer Stunde bei den Lachsforellen fuhr der Baron in seinem Thema fort:

»Sämtliche Stoffe, die wir auf der Erde kennen«, sagte er, »wurden von den australischen Künstlern für ihre Kunstblumen verwertet. Selbstverständlich nahm man die Edelmetalle nur in dünnster Fassung als Belag. Wir fuhren in unsern Hotelzimmern oft durch große Urwaldgegenden, in denen ein Blütenreichtum herrschte! Glasblumen, Porzellanblumen, Aluminiumblumen, Emailblumen, Federkompositionen und durchsichtige Papierblüten – das gabs alles in diesen künstlichen Urwäldern massenhaft. Und dazu müssen Sie sich die abenteuerlichsten Schachtelhalmkompositionen denken – und Baumriesen, die mit köstlichen Säulenkapitells geschmückt waren, aus denen schattenspendende Dachblätter herauswuchsen. Und dann denken Sie sich all diese Blumen- und Baumgeschichten mit üppigsten Schlinggewächsen überwuchert! Hochinteressant waren besonders die feinen Glasblumen. Aber von diesen Glasblumen, die eigentlich den Gipfel der Melbourne-Botanik bildeten, erzähle ich Ihnen vielleicht später etwas Längeres. Heute fühle ich mich doch zu angegriffen. Vergessen Sie nicht, daß der australische Künstler sich natürlich überall bei seinen botanischen Kompositionen die größte Mühe gab, von allen irdischen Formen Abweichendes zu bieten. Es wäre also verfehlt, von Orchideen zu reden; man suchte eben die Orchideen zu übertrumpfen. Man leitete auch Wassermassen in die Gipfel der Bäume hinauf und brachte durch Tropfen und Sprühregen die künstlichen Blumen, die die Feuchtigkeit vertragen konnten, zum Glänzen und Funkeln.«

Darauf sagte die Gräfin Clarissa:

»Jetzt bin ich aber neugierig, was aus dieser Phantasieblumenwelt des Abends bei der großen Beleuchtung wurde.«

»Du willst damit, liebe Clarissa«, erwiderte der Baron, »sagen, daß Dir meine Erzählung heute nicht so recht interessant vorkommt. Daran aber hast Du Schuld, denn Du hast mich heute Vormittag im Café Josty dermaßen angestrengt, daß es mir schwer fällt, heute beim Thema zu bleiben.«

»Das tut mir schrecklich leid«, sagte die Gräfin, »dann mußt Du Dich aber schonen und ganz kurz sein. Erzähle doch nur mit ein paar Worten, wie es des Abends war. Du brauchst doch nicht täglich – stundenlange Vorträge zu halten.«

»Das ist ja viel zu anstrengend für den alten Herrn Baron!« sagten nun verschiedene Damen und Herren.

Münchhausen aber fuhr fort:

»Selbstverständlich war die Geschichte des Abends bei all den kolossalen Beleuchtungseffekten fast überirdisch. Die Beleuchtung kam zunächst aus den Seeblumen selber heraus. Und wie das bei den vielen Glasblumen wirkte – das können Sie sich natürlich leicht ausmalen. Natürlich wurden auch wieder die achtzehn großen Fesselballons oben in Lichtkunstblumen verwandelt. Und aus den Drähten oben wurden unzählige Lichtschlinggewächse. Und dann gabs auf dem See, der die obere Geschichte an einzelnen Stellen prachtvoll spiegelte, eine kolossale Fontänenkomposition, die schließlich so aussah, daß man alle diese sprühenden bunten Wasser für Blumen halten konnte. Und dazu gabs oben unter den Ballons eine großartige Ballonmusik. Sämtliche Musiker saßen oben in den Gondeln unter den Luftballons. Und in der Mitte sah man den Taktstock des Kapellmeisters als ein großes Lichtdiamantenscepter auf- und absteigen. Und dabei zerfiel die Blumenwelt auf dem See allmählich, sodaß schließlich auf dem See nur die gigantischen Ballonblumen gespiegelt wurden. Und dann ward es oben plötzlich ganz dunkel. Und danach entstand unter der Seeoberfläche ein Funkenblumenspiel von entzückender Beweglichkeit. Na – darüber kann man ja Jahre reden. Eigentlich sollte man so was garnicht mit Worten zu schildern versuchen; man sollte die Geschichte lieber malen. Photographieen wurden ja in Melbourne massenhaft hergestellt. Jedes Blumenfest – und jeden Donnerstag gabs eins – war nämlich ganz anders wie das vorige, da man ja auf dem See die Fruchtkugeln immer anders verteilen konnte. Des Abends fuhr man natürlich in Motorbooten auf dem See herum. Und einzelne dieser Motorboote wurden dabei zu großen Metallblumen. Ich muß nur immer wieder lebhaft bedauern, daß ich die sämtlichen Photographieen, die ich in Melbourne kaufte, auf der Herreise verloren habe.«

»Münch«, rief da die Gräfin Clarissa, »nun laß mal die große Melbourne-Ausstellung ruhen und erzähle uns lieber, was Du heute Vormittag im Ministerium der öffentlichen Arbeiten gemacht hast.«

»Sehr einfach ist das zu erzählen«, versetzte der Baron, während er sich ein paar große Stücke von einem kalten Gänsebraten auf seinen Teller legte, »ich habe im Ministerium der öffentlichen Arbeiten durchgesetzt, daß Berlin eine neue Dacharchitektur erhält. Ich setzte den Herren auseinander, daß doch ein künstlerisch gebildeter Mensch unten in den Straßen nicht mit künstlerischem Vergnügen herumlaufen könnte. Und deswegen müßte eben auf den Dächern Berlins ein neues Berlin angelegt werden. Und ich empfahl bei der Ausstattung der Dachplätze die künstlichen Metallblumen. Und die Herren vom Ministerium der öffentlichen Arbeiten waren ohne Weiteres einverstanden. Man wird auf den Dächern Berlins nicht nur Plätze anlegen – man wird auch Fahrstraßen, Fußgängerwege und Schienenwege anlegen. Das Ganze wird ein sogenanntes *Über-Berlin*. Trinken wir alle auf das Wohl dieser köstlichen Über-Stadt.«

Alle tranken und waren ganz ernst.

Als aber der Baron lächelte, lächelten auch die Gäste des Grafen vom Rabenstein.

Und als der Baron lachte, da lachten Alle.

Und es wurde an diesem Donnerstag sehr spät, und als der Baron endlich sagte:

»Jetzt muß ich aber nach Berlin fahren« --- da wars drei Uhr morgens.

Der Freitag

Am Freitag kam der Baron kurz vor sieben Uhr abends in die Rabensteinsche Villa und sah sehr frisch und vergnügt aus.

»Meine Damen und Herren«, sagte er gleich, »heute bitte ich um Ihre größte Aufmerksamkeit, denn ich habe Ihnen Dinge von Melbourne zu erzählen, die Ihr Erstaunen erregen werden.«

Nach diesen Worten versammelten sich Alle gleich im großen Saale, und der Baron sprach so lebhaft, wie er noch nie gesprochen hatte; Alles lauschte, und der Baron erzählte das Folgende:

»Wenn man die Quarkereien hört, die man in Europa hören kann, so könnte man bersten vor Grimm. Aber in Melbourne wars besser; da konnte man an jedem Freitag mit einem Luxuszuge ins Innere der Erde fahren.

Die Wagen fuhren auf Gummirädern, die oben über dem Zuge angebracht waren, sodaß man kein Geräusch hörte, während man bequem in einer Sofaecke saß und zum Fenster hinausblickte.

Es ging zunächst durch kolossale Bergwerke, die prächtig erleuchtet funkelten; da sah man alle Arten von Gesteinen und Metallen, auch kleine Flüsse und viele edle Steine, Farben gabs da in Menge; man sah groteske Höhlen und große Felslandschaften mit weiten Perspektiven, auch viele Nebelgebilde und seltsame Rauchwirbel. Und es fiel mir garnicht unangenehm auf, daß vom blauen Himmel mit seinen Wolken nichts mehr zu bemerken war.

Und dann kamen wir immer tiefer und tiefer ins Gestein, und die Felsformen wurden immer phantastischer, und die Metalle und Edelsteine wurden immer massenhafter sichtbar – und dann gings ganz steil hinunter – mit blitzartiger Geschwindigkeit.

Allmählich kam der Zug dann wieder in die waagerechte Lage, und dann hielt er still, und wir durften auf der sogenannten Frühstücksstation aussteigen.

Und da saß man denn vor kolossalen Glasscheiben, hinter denen Walfische und andre große Fische scharenweise herumschwammen.

Aber ein Bahnbeamter machte uns gleich darauf aufmerksam, daß die Fische, die wir für Walfische hielten, ganz andre Walfische seien als die, die wir auf der Meeresoberfläche kennen lernen könnten; wir befanden uns nämlich siebentausend Meter unter dem Meeresspiegel in einem Tiefseegebiet, das allen Tauchern der Erde noch unbekannt ist; die großen Fische hatten alle riesig große Augen und sehr große Flossen und Schwänze.

Man aß in diesem Tiefseerestaurant natürlich nur Fische – aber natürlich nicht Tiefseefische, da die da unten selbstverständlich nicht gefangen werden konnten.

Die Techniker erzählten, mit welchem Raffinement die viele Meter starken Glasscheiben angebracht wurden – und wie sie auf der Seeseite mechanisch immerzu gereinigt würden.

Der Wasserdruck da unten ist natürlich so stark, daß das ganze Scheibenwerk nur durch Benutzung besonderer geologischer Verhältnisse herzustellen war; die Erörterung derselben würde mich aber zu weit ablenken.

Genug – die Scheiben waren da.

Und außerdem waren auch noch große Glasscheibentunnels da, durch die wir weiter fuhren – auf dem Meeresboden – sieben bis neuntausend Meter unter dem Meeresspiegel.

Da sah man denn rechts und links immer größere Fische – und kolossale quallenartige Tiere – und Tiere mit mächtigen Schlangenleibern. Und außerdem bemerkten wir ungeheure Tiere, die so aussahen, als wären sie mit dem Meeresboden fest zusammengewachsen.

Ein Professor, der in meinem Wagen neben mir saß, erklärte mir, daß einige der großen Tiere tatsächlich mit dem Meeresboden zusammengewachsen seien.

›Sie dürfen nicht vergessen‹, sagte er, ›daß wir bisher von diesen Tiefseeformationen so gut wie garnichts wußten. Von diesen angewachsenen Tieren hatten wir bisher gar keine Ahnung. Und wir dürfen diese angewachsenen Tiere auch ganz sicherlich nicht mit den Fischen, Quallen und Schlangen, die hier unten herumschwimmen, in unmittelbare Verbindung bringen. Diese angewachsenen Tiere haben zweifellos Leiber, die tief ins Innere der Erde hineinreichen. Diese angewachsenen Tiere gehören zur unterirdischen Tierwelt, die mit der oberirdischen, zu der wir natürlich auch alle Tiefseefische und Schlangen rechnen müssen, ganz bestimmt nichts mehr zu tun hat. Wir sind in Melbourne der Überzeugung, daß Alles, was auf der Erdrinde lebt, Parasitennatur besitzt; die Lebewelt der Erdrinde ist wahrscheinlich durch Meteore auf die Erdrinde gekommen und hat mit dem Erdball eigentlich innerlich nichts zu tun. Dagegen müssen wir in den großen angewachsenen Tieren der Tiefsee Lebewesen erblicken, die organisch zur Erde gehören und von dieser unzertrennlich sind, während wir die Erdrindenlebewesen sehr wohl von der Erde trennen können, ohne daß dieser dadurch etwas Wesentliches fortgenommen wird. Doch über diese Fragen sind die Gelehrten noch nicht einer Meinung.‹

›Das ist ein Glück!‹ sagte ich darauf unwillkürlich.

Ich war, wie Sie sich denken können, durch die Ausführungen des australischen Professors natürlich etwas verblüfft.

Ich wollte nun das eine der angewachsenen Tiere etwas näher in Augenschein nehmen – aber die Größe seines Leibes war doch so gewaltig, daß ich sie nicht einmal mit dem Fernrohre überblicken konnte. Wohl sah ich verschiedene hoch aufragende Gliedmaßen von dunkelgrüner und dunkelblauer Farbe; die Haut der Gliedmaßen erinnerte an Schlangenhaut – sah aber sehr porenreich aus und hatte an vielen Stellen große schneeweiße Blasen, in deren Innern es oftmals heftig flackernd aufleuchtete; nach dem Aufleuchten wurden die Blasen ganz bunt wie Opale; doch die Farben bewegten sich sehr lebhaft.

Eine Kopfbildung aber konnte ich an dem Ungeheuer nicht bemerken.

›Bemühen Sie sich nicht‹, sagte der Professor, ›das große Tier besser zu sehen; Sie werden sehr bald noch größere Tiere erblicken – und zwar so, daß Sie die Glaswand nicht mehr beim Sehen behindert; wir kommen gleich aus dem Glastunnel raus.‹

Und das geschah auch.

Wir fuhren durch einen Steintunnel, in dem nichts zu sehen war, und langten danach auf der zweiten Station an, wo uns zunächst ein üppiges Diner erwartete, das in kleinen Salons serviert wurde, in denen sich keine Fenster bemerkbar machten.

Nach dem Diner gingen wir auf die große Terrasse hinaus – mit der Cigarre im Munde.

Und dort auf der großen Terrasse ward uns ein Anblick zuteil – meine Damen und Herren, Sie könnens mir glauben, ich bin nicht schreckhaft, aber mir fiel gleich die Cigarre aus der Hand.

Ich stand in einer ungeheuerlich großen, weiten Höhle, auf deren Wänden viele purpurrote Steine leuchteten – ganz hell leuchteten.

Und unten in der Mitte entdeckte ich den furchtbaren Kopf eines Ungetüms mit weißen hausgroßen Augen, in denen smaragdgrüne Pupillen funkelten – immerzu funkelten wie unzählige Brillanten.

Die Nase des Ungetüms bestand aus vielen polypenartigen Rüsseln, die pechschwarz und glänzend aussahen und sich langsam nach allen Seiten drehten.

Und der Leib des Ungetüms füllte den ganzen Boden der Höhle und bildete eine bewegliche dunkelviolette Masse.

Und die Nasenrüssel des Ungetüms näherten sich unsrer Terrasse, und unbeschreiblich köstliche Wohlgerüche entströmten den Rüsseln.

Und dann hob sich der Kopf des Ungetüms ganz hoch empor bis zur Decke, und die Smaragdpupillen starrten uns an, daß wir zitterten.

Danach ging der Kopf wieder hinunter, und die schwarzen Rüssel drehten sich spiralförmig und wurden ganz dünn und sehr lang, und die Spitzen der Rüssel betasteten dabei die Wände der Höhle, auf denen die purpurroten Steine leuchteten.

Mit leiser Stimme sprach darauf der Führer unsres Zuges:

›Das große Wesen, das Sie sehen, ist mit Vernunft begabt und uns nicht feindlich gesinnt. Sie sehen in diesem Wesen, das ganz mit dem Innern der Erde verwachsen ist, eine Gottheit der Erde, der wir eine göttliche Verehrung entgegenbringen wollten; wir wollten ihm einen Tempel erbauen, doch die schwarzen Rüssel legten sich ganz sanft auf die Hände unsrer Arbeiter und schoben sie ganz sanft zurück. Wir ließen danach den Tempelplan fallen und bauten unsre Bahn weiter. Und beim Weiterbauen der Bahn wurde unser erster Baumeister plötzlich von einem Rüssel ergriffen und da drüben in jene Ecke geführt. Dort sah der Baumeister einen natürlichen Tunnel, ging hinein und untersuchte ihn und kam zu einer anderen Höhle, in der ein anderes Wesen hauste. Als der Baumeister das gesehen hatte, kehrte er um und wurde von demselben Nasenrüssel, der ihn dorthin geführt hatte, wieder ganz sanft zu uns zurückgeführt. Und so bauten wir denn unsre Bahn weiter – durch viele große Höhlen hindurch, in denen uns andre natürliche Tunnel in ähnlicher Weise wie hier gezeigt wurden, sodaß unser Bahnbau sehr schnell fertig wurde.‹

›Es ist zweifellos‹, meinte hierzu der Professor, ›daß wir hier einer echten Gottheit ins Auge gesehen haben.‹

Wir fuhren nun mit unsrem Zuge weiter – durch Höhlen und Tunnel immerfort. Und die Höhlen wurden immer prächtiger, und die riesigen Ungeheuer, die in den Höhlen wohnen, wurden immer seltsamer.

Wir sahen auch ein Ungeheuer, das ein großes Maul hatte; das Maul verzog sich so, daß es lachend aussah. Und dann hörten wirs auch lachen, daß die Wände dröhnten.

Wir sahen auch fabelhaft große Lebewesen, an denen wir eine Kopfbildung nicht entdecken konnten. Wohl aber hatten alle diese großen Erscheinungen unzählige seltsame Gliedmaßen und viele Fühlhörner wie die Schnecken und gewaltige Schlangenarme mit Gelenkbildung und auch Arme ohne diese Gelenkbildung. Und wir sahen auch offene Rüssel, in deren Innern eine fluorescierende Substanz immerzu sich bewegte und leuchtete.

Wir sahen auch viele dieser Körper in einer derartig verhärteten Masse, daß sie sich von der umgebenden Gesteinsbildung nicht unterschied. Manche Körper machten sich als lebend nur durch vielfach veränderliche Farbenerscheinungen bemerkbar.

Dabei rasten wir in unserm Zuge mit unheimlicher Schnelligkeit durch die vielen Grotten und Tunnel immer weiter. Und der ständige Wechsel in den ungeheuerlichen Erscheinungen griff mich sehr an, zumal in manchen Höhlen seltsame Dünste aufstiegen; in einigen Höhlen sahen wir unzählige Blasen herumschweben, die an große Seifenblasen erinnerten.

Um mich ein wenig zu zerstreuen, unterhielt ich mich öfters mit dem Professor, der ein geborner Melbourner war und immer in demselben Wagen mit mir fuhr.

Er erzählte mir auch von einem amerikanischen Naturwissenschaftler, der gleich nach der Entdeckung der großen Höhlen den Vorschlag gemacht hatte, die Riesenkörper wissenschaftlich zu untersuchen.

›Wir lehnten das‹, sagte der Professor, ›natürlich ab; da der Herr aber darauf bestand, gestatteten wir ihm, in einer relativ kleineren Höhle mit langen Leitern hinunterzusteigen. Wir zogen uns in den Eingang des nächsten Tunnels zurück und warteten ruhig ab, wie dem Herrn diese Expedition bekommen würde. Anfänglich ging alles ganz gut, und der große Erdriese bewegte sich nicht. Da jedoch hatte der kühne Herr die Kühnheit, sein Taschenmesser zu ziehen, um den großen, schlangenartig glitzernden Riesenkörper, auf dem er stand, auch mit seinem Taschenmesser zu untersuchen. Kaum aber fing der Herr damit an, so wurde er von zehn blitzschnell hervorschießenden Schlangenarmen gefaßt und in die Höhe gehoben. Und oben erhielt nun der Herr Naturwissenschaftler von andern Armen, die handartige Ausläufer zeigten, rechts und links furchtbare Backpfeifen, daß er jämmerlich schrie. Wir taten nichts zu seiner Rettung, und der Herr wurde danach ganz sanft von den Armen, die ihn festhielten, zu unsern Füßen niedergelegt. Der Ärmste hatte ein ganz geschwollenes Gesicht und so verschwollene Augen, daß er wochenlang nichts sehen konnte. Das Messer, das er fallen gelassen hatte, wurde dem Herrn von einem Arme des Erdriesen geschickt zugeklappt und dem Gemaßregelten mit unglaublicher Geschicklichkeit vor unsern Augen in die Tasche gesteckt. Da kamen wir lachend hervor und zogen schleunigst die Leitern wieder ein. Und nach diesem Vorfall werden wir jeden, der an eine Körperuntersuchung der Erdriesen denkt, sofort so behandeln, wie er es verdient – wir werden ihn eben schleunigst wieder an die Oberfläche der Erde befördern.‹

Diese Geschichte amüsierte mich natürlich sehr, und wir sprachen noch viel darüber.

›Was hätten wir denn‹, meinte der Professor, ›gewonnen, wenn wir die Haut dieser Riesen, deren Lebensart uns so vollkommen unverständlich ist und die wir doch als höhere Lebewesen erkennen müssen, untersuchen könnten. Wir stehen hier einer ganz anderen Lebenssphäre gegenüber, die von der unsrer Erdrinde so verschieden ist, daß wir uns auf materialistische Untersuchungen garnicht einlassen dürfen, da sie ja doch zu nichts führen. Genug, daß wir die Riesen mit unsern Augen sehen können. Schließlich könnten wir ja auch unsern Augen nicht trauen und alle diese riesigen Erdhöhlen für Visionen halten. Und nach der Erkenntnistheorie sind ja alle unsre Augeneindrücke nichts weiter als Visionen. Was wollen wir also mit Tastsinnsuntersuchungen? Die haben doch noch weniger Realitätswert als die Augeneindrücke.‹

Wir sprachen noch viel darüber, während immer neue Wundergrotten an uns vorüberzogen – mit prächtigen unterirdischen Felslandschaften; oft sahen wir so köstliche Steine, daß wir minutenlang kein Wort hervorbringen konnten.

Und dann kamen wir in die sogenannte Tempelstation, wo wir mit Kaffee und Kuchen erfrischt wurden.

Hier hatten die Australier nochmals versucht, einen Tempel zu bauen – und waren nicht daran gehindert worden.

Der Tempel bestand nur aus Glas – aus großen, stellenweise undurchsichtigen Glasquadern und aus großen bunten Glasscheiben, durchsichtigen und undurchsichtigen. Durch einen Knopfdruck ließen sich alle Fensterbildungen in die Wände schieben. Und sobald das geschehen war, pflegte man im Innern des Tempels auf Orgeln und andern Instrumenten ein großes Konzert aufzuführen – und zwar mit Pausen.

Blieb in der ersten Pause alles still, so wurde nicht weiter gespielt.

Aber zuweilen kam nach den Tempeltönen aus dem Innern der Höhle eine seltsame feine Musik heraus, die gleichsam eine Antwort war auf das, was im Tempelinnern gespielt wurde.

Die Antwort wurde natürlich sorgfältig fixiert, und die Komponisten haben versucht, auf diese fixierten Töne der Erdhöhle musikalisch eine Gegenantwort zu geben.

Während ich da unten in der Tempelstation war, wurde aber nicht Musik gemacht, was ich sehr lebhaft bedauerte.

Lassen Sie mich, meine Damen und Herren, jetzt ganz kurz sein: wir fuhren abermals weiter und kamen nach längerer Zeit in eine Höhle, die an Größe alle bisher gesehenen Höhlen übertraf. Diese Höhle war so groß, daß uns die andere Seite kaum sichtbar wurde. Und als wir da nun ausstiegen, sahen wir über uns - nordlichtartige Erscheinungen und --- den großen Sternhimmel, den wir auf der Erdoberfläche sehen.

›Wir sind am Südpol!‹ sagte mein Professor ganz leise zu mir.

Es fällt mir schwer, chronologisch das Weitere hintereinander zu erzählen.

Ich wußte nicht recht: sollte ich zuerst nach oben oder nach unten blicken.

Die Erregung aller Reisenden war eine so große, daß der Stationsvorsteher uns bat, zunächst in seinen großen Speisesaal zu kommen, wo wir mit Delikatessen und guten Weinen erfrischt wurden.

Aber diese Erfrischung ließ sich jeder nur für ein paar Minuten gefallen; dann rannten wir alle hinaus.

Ich sah zunächst zum Himmel empor, da ich so lange keinen Himmel über mir gesehen hatte.

Und am Himmel grade über uns sah ich eine große runde, weißlich flimmernde Scheibe mit einem hellblauen Mittelpunkt.

›Das ist‹, sagte mein Professor, der immer an meiner Seite blieb, ›der Südpolmond. Wir haben ihn mit dem Teleskope untersucht; er befindet sich nur vier Meilen über uns und hat Kegelform, daher der hellblaue Mittelpunkt, der auf der oberen Seite die Spitze des Kegels bildet. Wir sehen von hier aus in das Innere des Kegels hinein - so wie in einen spitzen Hut. Was wir sehen, sind die Wände des Kegels - denn der Kegel ist hohl. Welchen Zweck dieser kleine Südpolmond hat, ist uns bisher noch nicht begreiflich, ebenso wenig wissen wir, ob diesem Südpolmonde ein Nordpolmond entspricht, da wir ja den Nordpol leider immer noch nicht entdeckt haben.‹

Da wurde ich etwas heftig und sagte:

›Wir können doch wahrlich damit zufrieden sein, daß wir auf diese Weise den Südpol entdeckt haben. Ich dächte, wir hätten damit vorläufig für die nächsten Jahrhunderte genug entdeckt. Man darf doch nicht unersättlich in seinem Entdeckungseifer werden.‹

Da versetzte mir aber der Professor lächelnd:

›Mein lieber Herr, man darf sich aber auch nicht zimperlich anstellen, wenn ganz neue, große Weltgegenden uns offenbar werden. Ich halte es durchaus nicht für richtig, jetzt so bescheiden zu sein. Blicken Sie zunächst mal in die Tiefe und sagen Sie mir, was Sie da sehen.‹

Ich blickte hinab und sah ein Wogen und Funkeln und ein fortwährendes Fluten von Linien und Formen und immerzu neue Farben, die sich veränderten und vermischten.

›Das ist das Innere der Erde!‹ rief ich begeistert aus.

›Das ist es‹, erwiderte mein Professor, ›aber glauben Sie, daß wir das mit unsern Teleskopen nicht untersuchen dürfen? Wir dürfen es, denn bei der Aufstellung der Teleskope wurden wir nicht behindert – im Gegenteil! Abermals haben uns wieder die Polypenarme der Götter an die Stellen gesetzt, die für Aufstellung von Teleskopen am besten geeignet sind. Wir sind infolgedessen zum Bau einer großen Rundbahn veranlaßt worden – die befindet sich aber erst in den ersten Stadien. Wir werden später Teleskope für das Erdinnere und auch solche für den Südmond haben. Und jetzt blicken Sie noch einmal zu den Wänden dieses riesigen Talkessels empor.‹

Ich tat es und war ganz sprachlos.

Da sah ich ringsum an den Talwänden Riesenleiber, die sich oben über den Kesselrand emporreckten. Ringsum – der ganze Trichterrand – zeigte viele Riesen – die aber waren ganz unbeschreiblich.

Die Riesen hatten Kometenformen an den Köpfen und leuchtende Armglieder, und alle diese feurigen Gliedmaßen reckten sich, was ich so lange noch nicht gesehen hatte, plötzlich hoch empor – und da entstanden Nordlichter ringsum.

›Sehen Sie, mein Herr‹, sagte mein Professor, ›die echten Südpolgeister. Und die kometenartigen protuberanzenartigen Feuerbildungen, die Sie an Nordlichter oder Südlichter erinnern – sind mit diesen zweifellos identisch. Wohl ist es wahrscheinlich, daß auch am Nordpol ähnliche Riesen die Nordlichter erzeugen – wie hier die Südlichter – wohl haben wir anzunehmen, daß auch dort hinter den Eisbergen des Nordpols das Erdinnere mit seinen Erdriesen sichtbar wird – aber wir wissen es nicht.‹

Ich setzte mich auf einen Feldstuhl und blickte hinauf – zu den unbeschreiblich großartigen Gestalten.

Und der Professor fuhr fort:

›Wir müssen annehmen, daß die Kopfbildungen dieser Erdgeister, die sich hier am Rande des Südpoltrichters zeigen, aus Substanzen bestehen, die wir noch nicht kennen. Es zeigen sich da oben magnetische und elektrische Lichtwunder in so großer Zahl, daß wir noch nicht klug daraus werden. Sehr viele australische Gelehrte neigen zu der Ansicht, daß diese Riesen den Protuberanzen der Sonne ähnlich sind. Wie diese können unsre Trichterriesen mit ihren Köpfen, an denen man Nasen und Augen noch nicht entdeckt hat, sehr fix zu riesigen Höhen emporgelangen. Kurzum: wir habens hier sowohl wie in den Protuberanzen der Sonne mit materiellen Erscheinungen nicht mehr zu tun. Jedenfalls dürfen wir dabei nicht an das Materielle im gewöhnlichen Erdrindensinne denken. Diese Südpolriesen recken ihre Arme sehr oft zu dem Südpolmonde empor, und wir müssen daher annehmen, daß dieser Südpolmond, der übrigens sehr hoch in den Weltraum hinaufreicht, ganz innig mit den hier unten sichtbaren Riesen verwandt ist. Vielleicht bestehen die Wände dieses Kegelmondes auch nur aus solchen Riesen, wie wir sie hier sehen. Doch hierüber wissen wir nichts Genaueres, da die teleskopischen Untersuchungen noch nicht abgeschlossen sind.‹«

Nach diesen Worten stand der Baron Münchhausen auf, verbeugte sich vor den Versammelten, die ganz still dasaßen, und ging hastig zur Türe hinaus.

Und als der alte Graf vom Rabenstein dem Baron folgte, war dieser schon fort; er fuhr in seinem Automobilschlitten sehr schnell im Vollmondschein durch den Grunewald – ostwärts.

Der Sonnabend

Die Gräfin Clarissa ging am Sonnabend in ihrem Zimmer langsam auf und ab.

Ihr Kammermädchen stand am Fenster und blickte hinaus; draußen war Tauwetter.

»Das ist mehr«, sagte schließlich die Gräfin, »als ich erwartet habe. Jetzt habe ich beinahe Furcht. Ich bin nicht mehr so sicher wie vor acht Tagen. Der alte Herr hat zu viel erlebt. Und ich habe zu wenig erlebt. Das paßt nicht gut zusammen. Jetzt schmerzt mich auch meine verstauchte Hand.«

»Das liegt am Tauwetter!« rief das Kammermädchen sehr laut.

Und sie erneuerte darauf den Verband der Gräfin, während diese mit großen Augen zu dem Bilde des alten Münchhausen hinaufblickte, der über dem großen Spiegel auf einer Kanonenkugel ritt.

Es war noch nicht zwölf Uhr.

Aber da ward es unten im Hause sehr laut; die Gäste, die alle Tage erst des Abends ankamen, erschienen heute schon zum Frühstück.

Und der alte Münchhausen kam auch zum Frühstück.

»Clarissa«, rief er, als er sie sah, »Du siehst ja so traurig aus. Man darf aber nicht traurig aussehen; das schickt sich nicht.«

»Verzeih mir, lieber Münch!« erwiderte die Clarissa.

Der Baron aber sagte sehr lebhaft zur ganzen Gesellschaft gewandt:

»Meine Damen und Herren, wenn Sie meinen schlichten Erzählungen aufmerksam folgten, so werden Sie sich auch über die Musik, die in Melbourne komponiert wird, nicht mehr wundern. Man versucht dort nämlich so zu komponieren, daß der Zuhörer die Empfindung bekommt, Töne aus anderen fernen Geisterwelten zu hören; in Melbourne ist auch für die Musik das irdische Menschenleben nicht mehr ein führender Faktor. Die Musik soll eben ebenfalls zu einer Sprache fremder Welten gemacht werden. Leider kann ich Ihnen das nicht weiter illustrieren, da ich Ihnen mit meinen alten Händen nichts vorspielen kann; die sind in den hundertundachtzig Jahren so steif geworden, daß mit ihnen nichts mehr anzufangen ist.«

Natürlich bedauerten das alle Anwesenden sehr lebhaft, aber der alte Baron fuhr gleich darauf folgendermaßen fort:

»Wir kommen nun zu einem sehr schwierigen Thema: zu dem literarischen! Daß die Melbourne-Literatur nicht mehr das Bestreben hat, menschliche Zustände zu schildern, das brauche ich wohl nicht mehr feierlich auszusprechen; es versteht sich nach dem bislang Erzählten von selbst. Da sich die bildende Kunst fast ausschließlich dem Außerirdischen gewidmet hatte, so folgte die Literatur auch auf diesem Wege und schuf Werke, die das Leben auf anderen Sternen schildern. Aber die Literatur ging auch hier wieder gleich weiter und führte uns die ›lebenden‹ Sterne vor – nicht nur das, was auf und in den Sternen lebt. Wir finden in Melbourne eine lange Reihe von Romanen, die sich im Andromeda-Nebel entwickeln und uns dort Sterne vorführen in seltsamsten Formen – und diese Sterne führen ein eigenes Leben und stehen zu großen Sonnen in Beziehungen, und die Sonnen sind dort nicht mehr rund wie bei uns. Andrerseits wird auch unsre Erdensonne in die Literatur als selbständig denkendes Lebewesen eingeführt. Daß irgendein Stern ein totes dummes unorganisches Ding sein könnte – daran denkt in Melbourne wahrhaftig Niemand mehr; das wäre ja auch zum Lachen, wenn man das Größere so ohne Weiteres für das Dümmere halten wollte. Die Literatur steht also in Melbourne im innigsten Zusammenhange mit der bildenden Kunst; hier wie dort will man das Neue um jeden Preis. Mir formalistischen Sachen hält man sich darum in Melbourne nicht mehr viel auf; der Inhalt ist ja überall zu gewaltig. Es werden demnach in Australien nicht viele Verse geschrieben, und die ästhetischen Erörterungen sind von robuster Kürze: man will eben überall nur das Neue haben und fragt zunächst nicht viel danach, obs auch nach allen Seiten vollendet ausgebildet ist; dieses robuste Vorgehen der Dichter hat mich sehr sympathisch berührt, obschon einige Bildhauer behaupten wollten, daß man in der Literatur doch bald vorsichtiger vorgehen sollte. Na – ich glaube – die Vorsicht kommt mit dem Alter immer noch zeitig genug; das mutige Drauflosgehen ist doch in allen Dingen die Hauptsache, da ohne dieses gemeinhin garnichts geschieht und

Alles stillsteht. Ja – das alte Stillstehen – ich kanns trotz meiner hundertundachtzig Jahre immer noch nicht begreifen.«

Hiernach redeten Alle durcheinander von der großen Bewegungslust unsrer Zeit, in der das Automobil überall an der Spitze ist.

»Wenn nur nicht«, meinte da die alte Gräfin Adolfine vom Rabenstein, »grade das Automobil, das so oft als Symbol der Bewegungslust bezeichnet wird, in unsre geistige Bewegung einen Stillstand hineingebracht hätte.«

»Zweifellos ist das so«, sagte Münchhausen, »aber das ist doch nur für den Augenblick so; in Australien ist die Ruhepause im geistigen Leben bereits überwunden und hat dort eine neue geistige Beweglichkeit erzeugt, die doch wieder alles gutmacht. Eine zu starke Bewegung nach der einen Seite hat immer ein Zurückbleiben auf der anderen Seite zur Folge. Aber das gleicht sich alles bald wieder aus. Sehen Sie nur diese Melbourne-Literatur an! Man sagte dort unten sehr bald, daß man sich vor dem rein Äußerlichen der neuen Kunst sehr zu hüten hätte – und begann sofort eine rein innerliche Literatur nebenbei zu erzeugen; mit bewunderungswürdiger Beweglichkeit ging man gleich weiter als die bildende Kunst und sagte sich, daß die allerfeinsten Beziehungen der Lebewesen untereinander auch unabhängig von aller äußerlichen Gestalt behandelt werden könnten – und daß man auch die Beziehungen feinster geistiger Menschen untereinander so reich und prickelnd darstellen könnte – wie die Beziehungen großer Sonnen untereinander. Kurzum: man glaubte, daß das Allerkomplizierteste auch in die rein menschliche Sphäre gesetzt werden könnte. Selbstverständlich dachte man dabei nicht an alte Potentaten – sondern an die Menschen, die durch außerordentliche Weiterentwicklung wirklich hervorragende Lebewesen geworden sind. Nun ging man aber natürlich nicht den daseienden Menschen nach – sondern denen, die mal da sein könnten. Die Literatur mußte somit auch auf diesem Wege den Zusammenhang mit der Wirklichkeit aufgeben; die Menschen, die die Melbourne-Literatur uns vorführt, sind nur noch dem Äußeren nach, das nicht weiter geschildert wird, sogenannte Menschen – innerlich sind diese Menschen viel mehr als Menschen.«

Hier sagte die Clarissa:

»Davon müssen wir jetzt aber mehr hören.«

Der Baron lächelte und sprach weiter:

»Was sich das einzelne Lebewesen selber geben kann, ist immer nur ein kleines Stück gegenüber dem, was sich die Lebewesen untereinander in Wechselwirkung geben können. Doch dieses trifft natürlich nur dann zu, wenn wir von Lebewesen sprechen, die Schaffende im besten Sinne des Wortes sind – sonst kann selbstredend ein Schaffender allein sich selber viel mehr geben – als Billionen Nichtschaffende mit dem Schaffenden zusammen untereinander – da jene diesen irritieren und herunterziehen. Nun ist es für die Melbourne-Literatur ein Kardinalthema, zu zeigen, wie sich Schaffende gegenseitig günstig zu beeinflussen vermögen. Zu dieser Beeinflussung ist natürlich ein Zusammenleben nicht notwendig – ja man erklärt sogar, daß das Zusammenleben in den meisten Fällen störend ist, da durch dieses die Originalität der Einzelnen zu heftig bedrängt wird. Andre sagen aber, daß ein zeitweiliges Zusammenleben auch sehr förderlich sein könnte. Die Hauptsache bleibt natürlich, derartige Wechselwirkungen an deutlichen Beispielen vorzuführen. Und das ergibt nun die kompliziertesten Künstlerromane. Daß in diesen das sexuale Element kaum gestreift wird, werden Sie, meine Damen und Herren, ja nur als gerechtfertigt empfinden – da ja die plumpen Annäherungsversuche, die wir zwischen den männlichen und weiblichen Lebewesen auf der Erdrinde konstatieren dürfen oder konstatieren müssen, nur der Fortpflanzung dienstbar und mit feineren geistigen Elementen gleichsam nur überzuckert sind. Kratzen wir den Zucker des Geistigen vom Sexualen runter, so hat dieses keine weiteren Reizmittel. Und wir tun daher gut, wenn wir diesen Zucker mit den andern Süßigkeiten der geistigen Existenzsphäre vermischen und das Sexuale zu vergessen suchen.«

»Bravo!« rief da die Clarissa.

Und die andern Anwesenden riefen auch »Bravo!«

»Nun möchte ich aber doch«, fuhr die Clarissa fort, »ein kleines Bild von dem Zusammenwirken und Zusammenleben der schaffenden Geister haben. Du erzählst heute so trocken, lieber Münch. Dürfte ich Dich nicht mal für ein paar Augenblicke allein sprechen? Vielleicht käme dann etwas mehr Leben in die interessante Geschichte vom Zusammenwirken und Zusammenleben.«

Darauf gingen die Beiden ins Liqueurzimmer.

Im Liqueurzimmer waren sie ganz allein, und die Clarissa sagte hastig:

»Münch, Du hast vorhin gesagt, daß zwei schöpferische Menschen in Melbourne nicht zusammenleben – oder so ähnlich sprachst Du; willst Du damit sagen, daß wir eigentlich vom nächsten Montag ab auch nicht zusammen leben können?«

»Sind wir«, erwiderte darauf der alte Herr, »zwei schöpferische Naturen? Ich erzähle doch nur von Dingen, die ich erlebt habe, biete nur ein einfaches Tatsachenmaterial; denkst Du denn, liebe Clarissa, ich hätte mir alle meine Ausstellungsgeschichten nur so zusammengedacht?«

»Nein! Nein!« rief die Clarissa.

»Also«, versetzte lächelnd der Baron, »bist Du beruhigt. Alles wird so arrangiert, wie wirs abgemacht haben, nicht wahr?«

»Ja! ja!« rief die Clarissa. Und sie tranken schnell zwei Glas Chartreuse auf das Wohl des kommenden Montags.

Und dann kehrten sie Arm in Arm zur Gesellschaft zurück, und der alte Herr fuhr fort:

»Daß die Kunst in Melbourne nicht im rein Äußerlichen versinkt, dafür sorgt schon die Literatur; das Thema von den Beziehungen der Lebewesen untereinander – was sie verbindet und wieder trennt – das muß ja mit allen nur denkbaren Intimitäten ausgestattet werden – und das zwingt natürlich immer wieder zur allerstärksten Innerlichkeit. Stellen Sie sich die Beziehungen von vielen Blütenwesen zu dem ganzen Baumwesen vor – auf andern Sternen – aber analog dem Pflanzencharakter unsrer Erdrinde – welche Perspektiven von entzückenden Zusammenklängen tun sich da vor uns auf. Andrerseits führt man uns in Melbourne auch Geschichten vor, in denen sich ein feineres Wesen mit vielen banalen zusammenschließt – und durch die Überwindung der Banalitäten neue Kräfte in sich erzeugt. Wir sehen dann auch, wie eine Fülle von Mißverständnissen einer großen Sache neue Seiten gibt – wie ein bewegter Wasserspiegel die oberen Bilder wohl verzerrt, aber auch gleichzeitig interessanter macht. Ein Hauptthema bleibt natürlich immer das Zusammenkommen, Zusammenbleiben oder Voneinandergehen zweier oder mehrerer Schaffenden – wie dadurch diesen Alles in neue Beleuchtung gerückt wird – und wie sie durch ein derartiges Intermezzo wieder neuen Schwung und neue Schaffenskraft empfangen. Dabei wird natürlich sehr eifrig beleuchtet, wie sich Schöpfertum und Entwicklungstum öfters feindselig gegenüberstehen und dann wieder freundlich Hand in Hand gehen. Es ist den Künstlern in Melbourne durchaus nicht so ohne Weiteres klar, daß der Schaffende tatsächlich eine selbständige Natur ist – man nimmt zumeist an, daß andre Geistersphären die Entwicklung des Schaffenden leiten – und daß das ganze Selbstbewußtsein des Schaffenden vielleicht nur ein köstlicher Traum sein könnte.«

»Aha«, rief die Clarissa aus, »jetzt mußt Du von den Geistersphären erzählen.«

»Liebe Clarissa«, sagte dazu der Baron, »daß Du immer nur das Allerschwierigste haben willst, spricht ja für Deinen sehr gut gebildeten Geschmack. Aber vergiß dabei nicht, daß man sich mit allzu scharfem Paprika sehr leicht den Magen und auch das Gemüt verderben kann. Natürlich bringt die Melbourne-Literatur auch Geschichten, die weit über die gewöhnliche Gespenstersphäre hinausgehen und uns Dinge sagen, in denen das Unerhörte und das Haarsträubende stecken. Da man mit den gewöhnlichen spiritistischen Phänomenen literarisch nicht allzuviel anfangen kann, so macht man sie natürlich interessanter, indem man sie verändert. Da bekommen wir dann die *Über*medien, die neuen Odsphären und so weiter. Da wird natürlich an den schweren Pforten der Natur mächtig gerüttelt. Und schließlich sehen wir prächtige Sachen – die aber doch nur Paprikawert haben, solange sie sich nicht in die Sphäre der allergründlichsten Deutlichkeit rücken lassen. Wer zu viel haben will, bekommt am Ende garnichts – oder ein Ding, mit dem er nichts anzufangen weiß.«

Hiernach sagte der Baron ganz leise zur Gräfin Adolfine vom Rabenstein, daß er Hunger verspüre.

Da wurde denn sofort an kleinen Tischen gefrühstückt, und das Gespräch drehte sich um die kulinarischen Genüsse und um die Behaglichkeit.

»Ach«, sagte der Baron, »gehen Sie mir mit der Behaglichkeit ab, die führt zu nichts; sie ist ganz nett nach großen Taten, aber sonst so schwer wie Blei – oder wie Gold. So was Schweres gibt keine Flugkraft. Man muß die träge Behaglichkeit ebenso zu vermeiden trachten – wie man die allzu komplizierten Empfindungssphären zu vermeiden trachtet. Deshalb hat man auch in Melbourne eine große Abneigung gegen das Zuweitgehen der Überspiritisten, die immer gleich den Kern des Kerns sehen wollen. Wenn man die äußeren Erscheinungen längere Zeit hindurch ganz außer acht läßt und nur das Wesentliche – nur das Innerlichste – haben möchte, so kanns einem passieren, daß man so zerstreut wird, daß man plötzlich garnichts mehr hat und ganz idiotisch dreinschaut, als wenn überall nur ein ödes Einerlei existiere. Wenns uns mal auch so geht, so müssen wir gleich wieder zum Handgreiflichen greifen und uns sagen, daß der Weg zum Allerfeinsten keine grade Linie ist.«

»Wie stellt sich«, fragte nun die Clarissa, »die Literatur zur Philosophie und Religion?«

»Das ist ja«, erwiderte der alte Herr lachend, »das Allerschwierigste; sie kann sichs doch nicht abgewöhnen, nach dem Paprika zu verlangen. Na – gleich sollst Du haben, was Du willst. Ich wollte zum Vorigen nur noch bemerken, daß das astrale Außerirdische für die Literatur immer noch als das Solideste erscheint. Bringt man auf andern Sternen Wesen mit andern Organen – oder bringt man diese Sterne mit den andern Organen – so ergibt sich durch diese das neue Weltbild ganz von selbst – und man arbeitet mit festen bestimmten Faktoren – und schwebt nicht im ermüdenden Ahnungsreiche. Na natürlich, liebe Clarissa, ich weiß ja schon, was Du sagen willst: den Dichtern und Künstlern paßt es natürlich nicht, immerzu nach dem Einfachen, Erreichbaren zu streben. Das weiß ich. Und daher spielt natürlich alles Religiöse auch eine große Rolle in der Melbourne-Literatur – und das Philosophische desgleichen.«

»Rede doch erst vom Philosophischen!« rief die Clarissa lebhaft.

»Vollendeter Optimismus«, sagte der Baron, »herrscht im philosophischen Teile der Melbourne-Literatur. Die unerschöpfliche Fülle von Großartigkeit wird einerseits überall nachgewiesen – und andrerseits wird nachgewiesen, daß das, was kläglich zu sein scheint, es von höheren Gesichtspunkten aus nicht ist. Und dann wird überall auf die Bedeutung der Erkenntnistheorie hingewiesen, die uns lehrt, daß das, was wir als Wirklichkeit anzusehen gewohnt waren, nur eine *Schein*existenz hat – und daß dieser *einen* Scheinexistenz noch unzählige andere im großen Weltleben folgen. Das wird schon in den Volksschulen gelehrt.«

Da sagte die alte Gräfin Adolfine vom Rabenstein:

»Lieber Münchhausen, es ist aber nicht richtig, daß Du Dich derartig anstrengst. Du kannst Dir doch so leicht schaden. Man merkt Dir zuweilen eine kleine Ermüdung an, und das ist ja bei Deinen hundertundachtzig Jahren nicht verwunderlich.«

»Oho«, erwiderte Münchhausen, »wenn ich ein wenig müde aussehe, so hat das einen natürlichen Grund; das meiste von dem, was ich erzähle, ist mir derartig in Fleisch und Blut übergegangen, daß ich garnicht mehr darüber reden mag, da ichs für selbstverständlich halte. Es ist ohne Frage nicht anders zu machen: was ich für selbstverständlich halte, kann ich nicht mit den glühenden Augen der Begeisterung vortragen, wenns auch an sich sehr großartig ist. Nehmen Sie mirs nichts übel, meine Damen und Herren, aber mir muß nach dem, was ich in Australien erlebte, doch hier in Europa stets so zumute sein, als wenn ich in einer Kinderstube sitze und artigen Mädchen und Knaben lustige Märchen erzähle. Es lebe Melbourne! Stoßen wir an!«

Da stießen alle Anwesenden mit ihren Gläsern zusammen und tranken dem Baron zu und sangen schließlich auf Clarissas Wunsch die australische Nationalhymne »*Melbourne! Melbourne über alles – über alles auf der Welt.*«

Danach ward es sehr lustig in der Villa des Grafen vom Rabenstein, und es ließ sich auch beim Diner, das dem Frühstück gleich folgte, lange Zeit kein vernünftiges Gespräch zustande bringen, da sich alle in einer seltsamen Ekstase befanden.

Aber als der Kaffee herumgereicht wurde, fuhr der alte Baron in seinen Erzählungen fort und sagte heftig, während Alle gleich mäuschenstill waren:

»Ich kanns mir ja denken, daß mich manche Leute heute nicht mehr für so unterhaltend erklären werden, wies einst die Leute im achtzehnten Jahrhundert taten. Aber das rührt mich nicht, denn ich weiß ganz bestimmt, daß ich heute viel großartigere Geschichten erzählen kann als damals. Meine liebe Clarissa wollte vorhin auch etwas von dem religiösen Element in der australischen Literatur hören. Nun – das ist sehr einfach gesagt: man spricht selbstverständlich niemals von einem *Allgott* – aus religiöser Scheu – indem man erklärt, daß die Welt viel zu groß sei, um über das zu reden, was sie als Ganzes zusammenhält – der nach allen Seiten unendliche Himmelsraum ist ja zudem nur eine einzige Erscheinungsform der Welt, der ja unendlich viele andre Erscheinungsformen in andern Sphären entsprechen könnten. Wie man derartigen Großartigkeiten gegenüber eine einfache Bezeichnung wie ›Gott‹ gegenüberstellen kann, begreift man in Melbourne nicht mehr. Man begreift aber sehr wohl, daß wir alle das Bedürfnis haben, vor der Großartigkeit der Welt in glühender Begeisterung zu knien. Und dieses kann man in Melbourne in prächtigen Tempeln, in denen aber nicht gepredigt wird; man hört nur zuweilen eine wundervolle Musik in diesen Tempeln. Priester im europäischen und asiatischen Sinne gibts in Australien nicht, da man überall das Heiligste, was man empfinden kann, doch nur in den Werken der Literatur findet. Und da spricht man viel von dem großen Unbekannten – und von den großen Geistern in den weiter ab gelegenen Weltsphären – und auch von den sichtbaren Höhlengeistern der Tiefe. Aber alle diese großen Dinge werden mit einer so großen religiösen Scheu behandelt, daß man nur sagen könnte, man lese und schreibe davon – aber man spreche nicht davon. Es gibt in den Tempeln natürlich Tempeldiener, die aber nur für das Äußerliche zu sorgen haben. Gesprochen darf in den Tempeln nicht werden, hineinkommen kann man immer – auch in der Nacht. Aber etwas, das unserm Gottesdienste entspräche, gibt es in diesen Tempeln nicht – sie wirken allein durch ihre erhabene Architektur und durch die große Stille, die nur von Zeit zu Zeit von feiner Orchester- und Orgelmusik unterbrochen wird. Nicht einmal Gesangsstimmen dürfen hörbar werden in diesen Tempeln. Ein paar großartige kosmische Gemälde und Skulpturen sind zuweilen in den Tempeln zu sehen – aber das Sichtbarzumachende wird immer seltener gezeigt, da es nicht in Einklang mit den überwältigenden Gefühlen der Weltverehrung zu bringen ist, wenn zu oft auf Einzelnes und Bestimmtes hingewiesen wird. *Eine Religion des Großen Schweigens* haben wir in Melbourne. Und wenn davon auch viel in die Literatur übergeht, so kann man doch sagen, daß dort das Schweigen wirklich nicht zum Geschwätz wird. Man kann ja auch über die erhabensten Dinge so reden, daß es sich anhörte als spräche man mit einer nicht hörbar zu machenden Stimme.«

Der Gesellschaft wurde nach diesen Worten sehr feierlich zumute, und man wagte während der nächsten Minuten nicht eine Silbe zu sprechen.

Dann aber unterbrach der alte Graf Adolf vom Rabenstein das große Schweigen, indem er sagte:

»Wir wollen doch nicht den ganzen Abend schweigen. Ich erkläre, daß meine Villa kein Melbourne-Tempel ist.«

Da lächelte der Baron, und da lächelten auch die Gäste des alten Grafen.

Und dann sprach man weiter, doch es wollte mit den Gesprächen garnicht recht vorwärts kommen.

Schließlich meinte die Gräfin Clarissa:

»Münch, Du hast uns noch nichts vom Theater erzählt.«

»Richtig«, sagte Münchhausen, »das hätte ich beinahe vergessen. Die Geschichte ist natürlich sehr einfach. Die Theaterkunst ist eine Kunst wie die anderen Künste; ihr Darstellungsmaterial besteht ans agierenden Menschen und der dekorativen scenischen Umgebung. Diese kann nun aus einfachen drei Wänden bestehen – oder sie kann der Scenerie auf fernen Sternwelten entsprechen. Das erstere ergibt das rein-seelische, psychologische Tiefsinnsdrama, das man ja in Melbourne momentan nicht ›allzu‹ gerne sieht – die andere scenische Umgebung mit der naturalistischen Scenerie, die wir auf fernen unbekannten Sternwelten finden, zwingt natürlich den Schauspieldichter, im Geschmacke der australischen Bildhauerkunst und Malerei vorzugehen. Von dieser erzähle ich Ihnen morgen, jene aber kennen Sie bereits – und somit wird Ihnen das, was die sogenannte Theaterkunst in Melbourne liefern kann, wohl so ziemlich klar sein. Die Theaterkunst ist dort natürlich nur ein Stück der Literatur. Man will natürlich auch in Melbourne auf dem Theater ganz besonders die Entwicklung oder die logische Veränderung der einzelnen Lebewesen in raschen Bildern verfolgen. Auch der

Dramatiker geht dort dem Geschmacke seiner Zeit nach und bringt das Neue in ähnlicher Form wie die anderen Künste. Nur noch eines möchte ich über die äußere Form der Bühne sagen: in Europa ist die Bühne des zwanzigsten Jahrhunderts aus der französischen Bühne des achtzehnten Jahrhunderts hervorgegangen, und in diesem liebte man die effektvollen äußeren Perspektiven – daher die schräggestellten Seitenkulissen. In Melbourne hat man natürlich das Bestreben, die Erinnerung an das achtzehnte Jahrhundert wegzuwischen – man spielt also nur vor einfachen rechtwinkligen Wänden – oder vor vollen Landschaften, die wie Panoramen rechts und links und nach oben und auch zuweilen nach unten weitergehen. Der sogenannte Bühnenboden fehlt sehr häufig, da in sehr vielen Stücken nur schwebende Gestalten erscheinen. Aber heute muß ich früher nach Berlin. Es ist zwar erst sieben Uhr – doch ich kann nicht anders.«

Der Baron stand auf und verbeugte sich. Alle standen ebenfalls auf und bedauerten sein Fortgehen.

»Wo warst Du«, rief da die Clarissa, »heute morgen? Das hast Du uns noch nicht erzählt.«

»Beim Kultusminister«, erwiderte der uralte Münchhausen, »er hat mir versprochen, die Erkenntnistheorie in den Volksschulen lehren zu lassen, und in den höheren Schulen soll der Kunstunterricht dem Turnunterricht gleichgestellt werden.«

»Ah!« riefen da Alle ganz laut.

Da küßte der Baron der Clarissa die Hand, und dann fuhr er von dannen.

An diesem Sonnabend fuhr der Baron aber nicht auf seinen Schlittenschienen, sondern auf seinen Rädern, da es Tauwetter war.

Der Sonntag

»Erinnerungen«, sagte sonntags der Baron, »haben eine seltsame Eigenschaft: sie teilen unser Ich, sodaß man glaubt, ein Andrer hätte das erlebt, was wir erlebt haben – und das Ich, das von unsern Erlebnissen erzählt, wäre ein ganz andrer Mensch. Obs Ihnen schon so vorgekommen ist, weiß ich nicht. Aber daß es mir so vorkommt, das weiß ich. Und das stimmt recht sonderbar: man glaubt, wenn man eine ganze Woche hindurch alte Erinnerungen ausgekramt hat, plötzlich an die Doppelnatur des Menschen. Aber das Weitere davon will ich Ihnen nachher erzählen. Grade der erste Sonntag, den ich in der Weltausstellung Australiens verleben durfte, hat mir auch die Doppelnatur des Menschen zum lebhaften Bewußtsein gebracht. Doch davon, wie gesagt, nachher! Der Sonntag war in Melbourne der Tag der Maler. Nun dürfen Sie dabei natürlich nicht an europäische Kunstausstellungen denken. Die meisten Maler wohnen auf dem Ausstellungsterrain; viele wohnen oben auf den neun Bergen, einige wohnen auch in den Turmgebäuden, die in der Mitte des Sees erbaut sind. Die größten Maler wohnen aber im Innern der neun Berge, die derartig ausgehöhlt und durchwühlt sind, daß man sie eigentlich garnicht mehr Berge nennen darf. Jedes Atelier hat verschiedene Nebenräume, in denen so viele Zeichnungen und Bilder ausgestellt sind, daß der Ausstellungsbesucher ein ziemlich vollkommenes Bild von der Bedeutung des einzelnen Künstlers empfängt. Clarissa, gib mir einen Cognac!«

Eine Pause entstand, die Clarissa ging ins Liqueurzimmer und brachte den Cognac. Der Baron kratzte sich die linke Wange und sagte ganz leise:

»So hab ichs doch nicht gemeint; ich dachte, Du würdest einem Diener einen Wink geben.«

»Bist Du ovationsmüde?« fragte die Clarissa.

Und da lachte der Baron, trank den Cognac und sagte mit heller Stimme:

»Liebe Clarissa, ich bin überhaupt niemals müde; ich verstehe nicht, wie Du von Müdigkeit reden kannst.«

Und dazu lachte er sehr laut, und die ganze Gesellschaft lachte mit.

Münchhausen fuhr jedoch gleich also in seiner Erzählung fort:

»Jeder Maler stellt in seinen Ausstellungsräumen auch gleich ein paar hundert Photographieen aus und bemerkt bei den einzelnen Photographieen, in welcher Richtung sie seine Kunst beeinflußt haben. Das werden die versammelten Damen und Herren sehr merkwürdig finden, ist es aber garnicht, da es ja in der Melbourne-Kunst einfach verpönt ist, die Naturbilder noch einmal zu malen; die Nachmalerei gibts in Melbourne nicht mehr – und der Impressionismus ist dort bereits vollkommen überwunden. Der australische Maler geht der Natur gegenüber ganz anders vor; er bemüht sich nicht einmal in den ersten Anfängen seiner Kunst, dem in der Natur Daseienden auf Papier und Leinwand gerecht zu werden. Dabei meint der Australier nicht, daß die Natur etwas Minderwertiges sei – keineswegs! jedoch er ist der Meinung, daß das Nachmalen die Phantasie zerstört und doch gar keinen Zweck hat, da man ja zum Nachmachen die photographischen Apparate besitzt und diese doch etwas schneller arbeiten als Pinsel und Blei. Die hübsche Ästhetik des Impressionismus ist dem robusten Australier nicht angenehm; er versteht es einfach nicht, wie man hinter die Natur kommen will, indem man sie immerfort anstarrt und ihr immerfort nachgeht. Der australische Maler glaubt, daß er hinter das Wesentliche der Natur viel schneller kommt, wenn er die einzelnen Stücke der Natur voneinander trennt und sie nachher wieder in andrer Art zusammenbringt. Schaffen heißt für den Australier: Neues schaffen! Und Neues schaffen kann er nach seiner Meinung nur, wenn er die vorhandenen Naturbilder zerlegt – und mit den zerlegten Stücken neue – ganz neue – Bilder schafft. Schaffen ist eben komponieren. Und man komponiert in Melbourne nicht nur in der Musik – man komponiert dort in *allen* Künsten. Sie glauben garnicht, wie komisch mich das berührt, daß ich Ihnen das hier auseinandersetze; mir ist das alles schon so in Fleisch und Blut übergegangen, daß es mir sehr schwer fällt, mir vorzustellen, andre Menschen könnten anders denken.«

Hierauf rauchte der Baron so heftig, daß sich eine große blaue Wolke über ihm bildete.

Und dann sprach man vom Tauwetter und von der Politik, von der Berliner Möbelfabrikation und von anderen künstlerischen und ästhetischen Angelegenheiten.

Und dazwischen fragte eine alte Dame:

»Sagen Sie bloß, verehrter Herr Baron, wie ist es nur möglich gewesen, daß man in Europa von all dieser großen Melbourne-Kunst keine Ahnung hatte?«

»Melbourne liegt«, versetzte der alte Münchhausen ernst und mit gerunzelter Stirn, »sehr weitab von Europa. Und dann vergessen Sie nicht, daß die europäischen Journalisten nicht so gerne was Neues in ihren Zeitungen bringen, da sie ein großes Schamgefühl besitzen.«

»Wie meinen Sie das? Wie ist das zu verstehen?« riefen nun viele Stimmen durcheinander.

»Sehr einfach«, gab der Baron zurück, »die europäischen Journalisten schämen sich, daß sie nicht selber dieses Künstlereldorado erfunden haben.«

»Aber Münch«, rief nun die Clarissa mit hocherhobenen Armen, »das hört sich ja so an, als wenn Du die ganze Melbourne-Kunst ›erfunden‹ hättest.«

»Possen!« versetzte sehr ärgerlich der alte Münchhausen, »wie kannst Du mir so was bei meinen hundertundachtzig Jahren zutrauen. Die Journalisten ›erfinden‹ immer sehr gerne; ich aber bin doch kein Journalist. Die europäischen Journalisten müssen sich doch ärgern, wenn durch die veritablen Tatsachen, die in Melbourne schlechterdings da sind, alle andern Zeitungsgeschichten übertrumpft und in den Schatten gestellt werden. Und sehen die Herren nun ein, daß das veritable Melbourne alles Andre übertrumpft, so schämen sie sich natürlich, daß sie nicht schon vorher an andrer Stelle ein andres Melbourne – ein anderes Künstlereldorado – ›erfunden‹ haben. So ist die Sache doch ganz plausibel. Ich verstehe nicht, liebe Clarissa, wie Du es wagen kannst, an meiner Wahrhaftigkeit zu zweifeln. Das geht doch über die Hutschnur.«

Da sank die Gräfin Clarissa vor dem alten Baron Münchhausen auf beide Kniee und rief schluchzend:

»Verzeih mir, Münch! Verzeih mir, Münch! Ich hab ja garnicht an Deiner Wahrhaftigkeit gezweifelt. Verzeih mir! Oder – wenn Du mir nicht verzeihst, so weiß ich nicht, was ich tu!«

»Du!« rief da lachend der alte Herr, indem er die Kniende aufhob, »Du darfst doch nicht vor mir knieen. Ich bin dir ja niemals böse gewesen. Du hast den Tonfall meiner Worte nicht beachtet.«

»Ach so!« sagte da leise die Clarissa, wischte sich zwei Tränen aus ihren zwei Augen und lächelte.

Und dann ging man zu Tisch.

An diesem Sonntag gabs ein Diner von dreiunddreißig Gängen – auf ganz kleinen Tellern – in chinesischer Art serviert.

Das Diner war einfach köstlich.

Und der Baron lobte jeden neuen Gang – und besonders die chinesische Art der Zubereitung.

»Schrecklich bequem«, sagte er, »ist es, wenn man alles mit Löffeln essen kann; dieses Essen mit Messern und Gabeln konnte sich wirklich auch nur in Europa einbürgern.«

»Ißt man in Australien«, fragte nun ein alter Herr, »auch nicht mehr mit Gabeln?«

Der Baron sah den Alten erstaunt an, räusperte sich verlegen und sagte danach:

»Doch! Man ißt in Australien immer noch mit Gabeln; ich glaube, das ist die einzige europäische Sitte, die sich in Australien noch erhalten hat. Na – die wird ja auch bald aussterben.«

Hiernach war der Baron etwas mißgestimmt.

Und das merkten bald Alle.

Und die Mißstimmung Münchhausens übertrug sich auf die ganze Gesellschaft, sodaß die Clarissa von ihrem Vater beauftragt wurde, den alten Münchhausen wieder aufzuheitern.

Und als es nun für ein Augenblicke an der langen, reich mit Blumen geschmückten Galatafel ganz still war, sagte die Clarissa – es war grade nach dem siebzehnten Gericht – zu ihrem alten Herrn:

»Münch, Du wolltest noch was von der Doppelnatur des Menschen erzählen; Du fingst heute Morgen gleich damit an, bemerktest aber, daß Du später noch auf die Doppelnatur des Menschen zurückkommen würdest.«

Da blickte der alte Herr lange in sein volles Glas, ohne zu trinken, und erzählte dann das, was jetzt folgt:

»Es war ein sehr sonderbarer Sonntag, dieser erste Sonntag in der Weltausstellung zu Melbourne.

Ein Betriebsinspektor trat abends um fünf Uhr in das höhlenartige Felskabinett eines Malers, der uns grade sein neuestes Gemälde zeigte und erklärte. Dieses Gemälde war durch ein fünf Meter breites Felsenloch zu sehen und führte uns eine wilde Partie aus dem Andromeda-Nebel vor, in dem sich ganz schroffe wildzerklüftete Felsenleiber weit ins Innere hineinschoben; diese Felsenleiber gehörten kolossalen Ungetümen, die ganz aus gigantischen Hochgebirgslandschaften komponiert waren.

Als der Maler seinen erklärenden Vortrag beendet hatte, sagte der Betriebsinspektor zu uns:

›Heute ist in unsrem Kaskadenberge den Besuchern der Ausstellung die Gelegenheit geboten, das sogenannte Schlafwunder kennen zu lernen. Es ist aber eine sehr kostspielige Sache, und jeder Besucher darf nur ein einziges Mal der Geschichte näher treten. Ich selber kenne sie noch nicht, mitgeteilt wird darüber auch nichts Näheres. Die meisten Besucher sparen sich dieses Wunder zum Schlusse auf. Jedenfalls kostet das Billet bare fünfzehnhundert Francs, die einfach vertrauensselig vorher bezahlt werden müssen.‹

›Das ist ja eine Beutelschneiderei!‹ erklärten verschiedene Herren.

Ich aber sagte sehr ruhig:

Die Ausstellung bietet so großartige Kunstgenüsse, daß ich nicht glauben kann, man möchte mir hier fünfzehnhundert Francs für garnichts abnehmen. Jedenfalls bin ich bereit, das Billet sofort zu bezahlen.

Ich begleitete darauf den Inspektor zum Kaskadenberg, bezahlte das Billet und wurde in einem kleinen Zimmer, in dem alles mit schwarzem Sammet bedeckt war, hypnotisiert. Das Zimmer wurde nur von einer dunkelgrünen Smaragdglasampel erleuchtet. Und ich verlor sehr bald das Bewußtsein, wurde dann aber geweckt und von einigen Herren stark gerüttelt und auf die Füße gestellt.

›Sie sehen dort auf dem Divan‹, sagte der eine Herr, der mich am stärksten gerüttelt hatte, ›einen alten Mann schlafen; das sind Sie selbst. Es ist uns gelungen, Ihre Natur zu spalten. Derjenige, den wir soeben gerüttelt haben, ist die andre Hälfte Ihres Ichs, die phantomhaft leicht ist und als solche eine Reise durch den Kosmos machen kann.‹

Gestatten Sie, daß ich mein andres Ich berühre! sagte ich dazu.

Aber die Herren erklärten mir, daß das unmöglich wäre, und ich bemerkte, daß meine Hände auf dem Rücken festlagen, als wären sie angeklebt. Angebunden waren meine Hände nicht. Ich wollte nun noch einmal mein andres Ich deutlicher sehen, und ich sah auch für ein paar Augenblicke ganz deutlich, daß der schlafende Mann genau das Gesicht hatte, das ich selber habe – auch meine Kleider erkannte ich.

Darauf wurde ich hinausgeführt und durch eine niedrige Türe in einen länglichen Raum geschoben, in dem sich jener Professor befand, der schon in den unterirdischen Höhlen nicht von meiner Seite wich.

›Wir fahren heute‹, sagte der Professor, ›zwanzig Millionen Meilen durch den Weltenraum – zur Sonne und dann um die Sonne rum – und dann durch die Sonne durch und wieder zurück.‹

Hierauf bat mich der Professor, mich einfach auf den Rücken zu legen.

Ich sagte, daß ich vorher gerne meine Hände vom Rücken losgelöst hätte.

›Seien Sie froh!‹ rief er da, ›legen Sie sich ruhig auf den Rücken; die Bodenpolsterung ist vortrefflich.‹

Ich tat nun, wie er sagte, und da zogen sich rechts und links die Gardinen von den Seitenwänden zurück – und ich sah – in den großen Sternenraum.

Fliegen wir schon zur Sonne? fragte ich heftig.

›Allerdings!‹ erwiderte der Professor.

Nun bemerkte ich, daß ich mich in einer Art Glasröhre befand; die Seitenwände waren ganz von Glas und stark ausgebaucht, sodaß ich mich, wenn ich nach unten in den Raum blicken wollte, nur auf die linke Seite zu legen brauchte. Die Situation war keineswegs so unbequem, da ich auf der Bodendecke tatsächlich außerordentlich weich lag.

Im Innern unsrer Röhre ging jetzt das elektrische Licht aus, und der Professor setzte sich drei Schritte von mir entfernt auf den Boden wie ein Pascha mit gekreuzten Beinen hin.

Ich vergaß mein andres Ich, das in Melbourne ruhig weiterschlief, und blickte hinunter in die große mächtige Sternenwelt; noch niemals hatte ich Sterne so tief *unter* mir gesehen.

Man hörte nur ein leises Summen vorne an der Spitze unsrer Glasröhre.

Der Professor sagte, als hätte er meine Gedanken gehört:

›Das Summen, das Sie vorne hören, ist vielleicht der Ton einer Maschine, die wir aber nicht kennen; es ist uns ganz unmöglich, in den vorderen Raum unsres Cylinders zu gelangen. Jedenfalls besteht dieser Cylinder nicht aus Glas – wir haben beide nur Phantomschwere, und dieser Cylinder ist daher natürlich auch nur ein Phantom für uns. Jedenfalls ist mir mitgeteilt – eine heisre hastige Stimme sagte mirs – daß wir zur Sonne fahren werden, um die Sonne herum und nachher durch die Sonne zur Erde zurück. Wem aber die heisre Stimme gehörte, das weiß ich nicht. Mein andres Ich schläft auch in Melbourne. Seien Sie froh, daß Sie Ihre Hände auf dem Rücken haben; ich riß meine rechte Hand so heftig los – und da!‹

Ich erschrak, denn er zeigte mir plötzlich diese rechte Hand, die ganz groß wie ein Arm war – und schneeweiß; er bewegte die Riesenhand zweimal auf und ab und legte sie dann wieder auf den Rücken.

Sie können sich denken, meine Damen und Herren, daß mir dabei etwas unheimlich zumute wurde.

Aber ich sagte zu dem Professor:

Was gehen uns unsre zweiten Ichs an? Sperren wir die Augen auf und sehen wir, was wir sehen können. Eine Fahrt nach der Sonne, um die Sonne rum und durch die Sonne durch kann man nicht alle Tage haben. Und – ich habe fünfzehnhundert Francs dafür gezahlt.

›Ich auch!‹ sagte der Professor, ›wenn ich nur nachher meine große Hand wieder loswerde.‹

Hören Sie, rief ich nun ärgerlich, jetzt blicken Sie hinaus. Wenn Sie Ihre große Hand nachher *nicht* loswerden, so schadets doch auch nicht.

›Ich kann aber die Finger der großen Hand nicht bewegen!‹ sagte er darauf.

Sehen Sie hinaus! Sehen Sie hinaus! rief ich heftig.

Und da sahen wir links von mir weiter nach unten ganz seltsame, ganz dunkelgrüne Schleiergebilde, die sich von dem samtschwarzen Nachthimmel geisterhaft abhoben und auf uns zuschwebten.

Aber gleich danach waren sie wieder verschwunden.

Und dann wurde ein Stern, der rötlich aussah, immer größer und dann so groß wie der Erdmond und dann dreimal so groß wie der Erdmond.

›Das ist die Venus!‹ rief der Professor.

Aber kaum hatte er das gesagt, so verschwand sie unter uns.

Wir fahren schnell! sagte ich leise.

Den Merkur sahen wir ebenso, doch er wurde nicht so groß wie die Venus; er war wohl weiter ab.

Und danach sahen wir den intramerkuriellen Planeten – und den sahen wir *ganz* in der Nähe.

Und dieser kleine Planet hatte drei ganz kleine Monde, die ganz länglich sind – wie gebogene Würste. Es würde mich zu weit ablenken, wenn ich Ihnen diese Planeten näher schildern möchte – nur so viel möchte ich sagen: sie waren in der Farbe entzückend und so beweglich in allen Teilen.

Mein Professor meinte:

›Zweifellos sind diese Farbeneffekte großen Wolkenbildungen zuzuschreiben.‹

Da wir nun aber besonders die Teile der Planeten sahen, die von der Sonne momentan nicht beschienen wurden, so sagte ich, daß mir die Farbeneffekte durch die Existenz von Wolkenbildungen noch nicht erklärt seien.

Zu weiteren Auseinandersetzungen kams aber nicht, da wir gleich danach in die Corona der Sonne hineinfuhren.

Hatten wir solange die Empfindung gehabt, im Schatten unsres Cylinderkopfes zu fahren, wo wurden wir jetzt plötzlich in eine flimmernde Helligkeit gebracht.

›Passen Sie auf‹, rief mir da mein Professor zu, ›was jetzt mit unsern Fensterscheiben passiert!‹

Und ich sah, daß über die großen bauchig ausgerundeten Scheiben große schwammartige Gebilde auf und ab gewischt wurden – und daß dadurch die Scheiben dunkler wurden.

›Wir würden bald geblendet sein‹, sagte der Professor, ›wenn die Scheiben nicht verdunkelt wären.‹

Nun fesselte aber die Corona der Sonne unsre ganze Aufmerksamkeit.

Zuerst sah ich raketenartig dicke Funkenbündel vorüberschießen.

›Das sind‹, erklärte mein Professor, ›äußere Glieder der sogenannten Haufenprotuberanzen.‹

Und dabei hob er seine riesenhafte Hand hoch auf und rief dann gleich:

›Da drüben aber sehen Sie echte Strahlenprotuberanzen mit metallischen Gasdämpfen.‹

Und wir fuhren dicht an dem glänzend aufstrebenden Körper vorüber; der hatte aber Dimensionen!

Und nun fuhren wir durch einen ganzen Protuberanzenwald durch.

Und diese ungeheuren Riesenleiber zeigten zuweilen auch Bildungen, die man wohl als Köpfe bezeichnen könnte.

Wir sahen meilengroße Glanzaugen mit furchtbaren Pupillen – aber niemals zwei Augen – immer nur *eins.*

Das war ein gigantisches Feuerwerk.

Es läßt sich nicht beschreiben; es war zu groß.

Und die rasend schnellen Bewegungen verwirrten mich dermaßen, daß ich ein paar Sekunden hindurch die Augen schließen mußte.

Danach sah ich hinunter auf die rötliche Chromosphäre, die nach der Corona die nächste Haut ist – eine Haut von über tausend Meilen Durchmesser, aus der sich die Protuberanzen immer wieder herausreckten.

›Bewohner der Sonnenoberfläche‹, sagte mein Professor, ›sind diese sämtlichen Protuberanzen. Wir können derartig riesenhafte Lebewesen, die ihre Gliedmaßen so schnell vergrößern können, nicht begreifen. Aber daß es lebendige Lebewesen sind – das merken wir wohl.‹

Und wir fuhren weiter durch die großen Protuberanzenwälder, und unser Cylinder bog immer sehr geschickt jedem aufstrebenden Raketengliede aus.

Und dann gings durch die umkehrende Schicht, in der uns alle möglichen Metalle in Gasform umglühten, zu der Sonnenhaut, die uns von der Erde aus als solche erscheint; und da sahen wir denn auf der sogenannten Photosphäre die unzähligen Sonnenflecke.

›Die Sonnenflecke‹, sagte mein Professor, ›sind veränderliche Organe der Sonnenhaut, die oft zwanzigtausend Meilen breit sind.‹

Das waren nun Organe mit Dimensionen!

Wer das beschreiben könnte!

Ich mußte immer wieder an den Südpol der Erde denken; der hatte nur ein viel kleineres Loch.

Wir sahen tief hinein in alle diese beweglichen Riesenorgane und schwebten in unserm feuerfesten Cylinder dicht über der Sonnenhaut rasend rasch dahin um die halbe Sonne rum – das ging so durch mehrere hunderttausend Meilen, da ja der Durchmesser der Sonne fast zweihunderttausend Meilen beträgt.

An den Rändern der Sonnenflecke schienen sich die Protuberanzenriesen ganz besonders wohl zu fühlen – da flackerten sie umher mit einer Hast und Wildheit – das war ein richtiges Riesenleben!

›Die Riesenleiber der Protuberanzen‹, sagte mein Professor, ›entsprechen teilweise den Nordlichtern und Südlichtern der Erde, sind hauptsächlich magnetischer und elektrischer Natur, haben aber wohl noch viele andre Naturen.‹

Und über die Sonnenflecke, diese Hautorgane der Sonne, sagte er noch:

›Nur durch die organische Tätigkeit der Hautorgane der Sonne, die wir Sonnenflecke nennen, entsteht die ungeheure Hitze der Sonnenoberfläche; die Tätigkeit der Hautorgane ist ohne Unterbrechung eine kolossale Bewegungstätigkeit, die vergleichbar ist den rollenden Augen der Raubtiere. In welchem Verhältnis die Lebewesen, die wir Protuberanzen nennen, zu den großen Hautorganen der Sonnenoberfläche stehen, wissen wir nicht, da wir nicht erkennen können, ob diese Protuberanzen mit ihrem Unterkörper fest auf der Sonnenhaut angewachsen sind oder sich auf dieser frei zu bewegen vermögen.‹

Ich lag nun auf der linken Seite und starrte hinunter und sah immer wieder neue Gliedmaßen der Protuberanzen wie Nordlichter aus den Hautorganen der Sonne herausspritzen – und diese in einer Bewegung, gegen die Orkanwellen auf irdischer See Bachgeplätscher vergleichbar sind.

Und dann fuhren wir in solch ein Hautorgan hinein, und rechts und links flogen die kolossalsten Dampfwirbel vorüber in unzähligen Farben.

Und dann sahen wir rechts und links abenteuerliche Riesenfelsen, die sich dehnten und knackten und knirschten und plötzlich auseinanderplatzten, daß wir weit in seltsame Grotten sahen, in denen Alles in Bewegung war.

Und dann gings tiefer und tiefer, und dann ward es finstre Nacht, daß wir *nichts* sahen. Nur die Riesenhand meines Begleiters leuchtete, sodaß ich öfters erschrak.

Danach wurde es wieder hell – und wir sahen – große Planeten im Innern eines großen Raumes herumschweben; die Wände des Raumes konnten wir nicht erkennen – wohl aber diese Planeten, die im Sonneninnern lebten.

Nur einzelne dieser Planeten hatten runde Gestalten, die meisten waren mit langen beweglichen Rüsseln ausgestattet.

Mein Begleiter, der in diesen Gegenden schon bekannt zu sein schien, sagte mir:

›Die Sonne ähnelt einem irdischen Badeschwamm. Aber nur im Äußeren ähnelt sie diesem, im Innern sind ganz große leere Räume vorhanden. Die Sonnenflecke, diese Hautorgane, sind nun so groß, daß durch sie mit Leichtigkeit große Planeten ins Innere der Sonne hineinkommen und dort weiterleben können. Die Annahme, daß jemals der Merkur in die Sonne stürzen und diese teilweise zerstören könnte, ist eine irrige, da die Planeten mit höchster Vernunft begabte Lebewesen sind – die längst zerstört wären, wenn sie nicht mit höchster Vernunft begabt wären. Überall erhalten sich nur diejenigen Wesen, die allen Gefahren aus dem Wege zu gehen wissen. Ob nun mal Merkur, Venus oder Erde auch ins Innere der Sonne gelangen werden, wissen wir nicht; aber Platz genug ist dort für sie da. Wahrscheinlich ist es jedenfalls, daß die Drei auch hineinkommen. Das Verhältnis der außen lebenden Planeten zur Sonne ist bereits außerordentlich intensiv. Der Einfluß der Sonne auf diese Planeten ist nicht zu bestreiten. Daß aber die im Innern der Sonne lebenden Planeten in einem noch viel intensiveren Verhältnis zu der großen kosmischen Natur der Sonne leben, das wird uns nach dem, was wir hier sehen dürfen, ohne Weiteres ganz klar sein.‹

Wann mögen diese Planeten, fragte ich nun, die wir hier sehen, in das Innere der Sonne gekommen sein?

›Wie kann man‹, versetzte da mein Professor mit hoch erhobener Riesenhand, ›derartig fragen? Daß die Sonne und die Planeten nicht so entstanden sind, wie die Europäer nach Kant und Laplace annehmen, das braucht wohl nicht erst lange erörtert zu werden. Organisch gebildete Weltkörper entstehen nicht nach simplen materialistischen Theorieen. Es ist aber doch so natürlich, anzunehmen, daß die höher entwickelten Sterne auf die noch nicht so hoch entwickelten eine große Anziehungskraft ausüben – und daß nun die Sterne, die so groß sind, daß sie in ihrem Innern noch Platz haben für kleinere Sterne – auch diesen gerne diesen Platz einräumen, wenns verlangt wird – das ist doch auch so natürlich. Für derartige große kosmische Verbindungen einen Zeitpunkt angeben zu wollen – ist ein kindisches Unterfangen. Das ist ja ebenso naiv, als wenn man fragen wollte, wann und wo die großen Sterne unsres Sonnensystems entstanden sind. Über derartige Geburtstage wünscht ein vernünftiges Lebewesen nicht unterrichtet zu werden.‹

Hat der Jupiter, fragte ich da, vielleicht auch ein paar Planeten in seinem Innern?

›Sehr wahrscheinlich ist das!‹ erwiderte mein Professor.

Und dann starrte ich die inneren Planeten der Sonne an und konnte mich nicht satt sehen; da sah ich seltsame kleine Leute auf den Planeten herumkrabbeln und herumfliegen.

Und ich bedauerte, daß ich kein Fernrohr bei mir hatte.

Und ich dachte darüber nach, warum wohl diese kleinen Planeten im Innern der Sonne lebten – ob sie für immer hier lebten – ob sie ganz mit der Sonne zusammen ein Wesen geworden seien.

Und ich sprach darüber mit meinem Professor, und er sagte schließlich:

›Das größte Geheimnis unsrer sichtbaren Welt ist jedenfalls das Gesellschaftsleben der Lebewesen untereinander. Die unzähligen Fäden, die die Sterne und die Bewohner der Sterne miteinander und mit den Sternen verbinden, bilden ein so kompliziertes Gewebe, daß unser Geist vorläufig noch nicht reich genug erscheint, dieses Gewebe stellenweise übersichtlich zu gliedern und geordnet vor uns erscheinen zu lassen. Das ist aber die Kardinalaufgabe unsrer neuen Literatur.‹

Er sprach nicht weiter.

Und ich sah noch unzählige Gestalten.

Wir fuhren dann zur Sonne wieder hinaus und wieder durch die Chromosphäre und durch die Corona ins Weltall hinein.

Da sah ich denn wieder die unzähligen Sterne unter mir, und ich sagte:

Daß aber die Planeten im Innern der Sonne die andern Sterne des Himmels nicht sehen können – das erscheint mir doch beklagenswert.

Da erwiderte mein Professor:

›Aber Herr Baron von Münchhausen, den Menschen ist es bereits möglich, durch Röntgen-Strahlen jeden festen Körper zu durchblicken. Glauben Sie, daß die Planeten des Sonneninnern nicht Organe haben, mit denen sie durch die Sonnenhaut durchblicken können? So mangelhaft dürfen wir uns doch nicht kosmische Sternorgane vorstellen.‹

Ich schwieg nun und sah den Merkur noch einmal und auch ein paar kleine runde Kometen – und schlief dann plötzlich ein und träumte wildes Zeug zusammen; Protuberanzen packten mir an die Kehle, und ich nahm den intramerkuriellen Planeten mit seinen drei Wurstmonden in die Hand und schlug mit ihm auf die Protuberanzen los.

Da erwachte ich und sah, daß ich auf dem Divan in dem schwarzen Sammetzimmer lag, die Smaragdglasampel brannte wie vorhin, und ein junger Mann trat ins Zimmer und fragte mich, ob ich etwas zum Abendbrot essen möchte.

Ich sprang auf, rannte hinaus und hätte meinen Professor beinahe umgerannt.

Der Professor brachte mich zum Ufer des großen Sees, wir setzten uns in einen Wagen, der auf den Seedrähten herumfährt, ließen das Wagendach aufmachen und uns ein kräftiges Abendbrot verabreichen – Bratwürste aß ich, und Münchner Bier trank ich dazu.

Es war halb zehn Uhr abends.

Über uns leuchteten die achtzehn Fesselballons in tausend Farben.

Und Musik ertönte oben in den Lüften.

Und ich war ganz verwirrt; der Professor erzählte mir, daß seine rechte Hand ganz steif geblieben sei – aber sie war wieder so groß wie die linke.

Ich mußte mich verpflichten, solange ich auf dem Ausstellungsterrain blieb, nichts von diesem großen Schlafwunder zu erzählen.

Aber jetzt in Deutschland darf ich davon erzählen. Und ich freue mich, daß ich Ihnen, meine Damen und Herren, so viel davon erzählen durfte, daß Sie eine ungefähre Vorstellung davon bekommen haben. Leider ist es mir nicht möglich, so an *einem* Abend plastischer zu erzählen. Die Geschichte ist zu groß – jedenfalls die großartigste, die ich in meinem Leben erlebt habe. Ob ich noch mal was Großartigeres erlebte, weiß ich nicht.«

Der Baron schwieg und trank sein Glas Wein aus, das während der ganzen Sonnenfahrterzählung unberührt vor ihm gestanden hatte.

Danach brachte man dem Baron stürmische Ovationen.

Und dann wurde das achtzehnte Gericht aufgetragen.

»Herr Oberkoch«, rief der Baron, »ist das Essen nicht kalt geworden?«

»Nein, Herr Baron«, erwiderte der Oberkoch, »beim Beginn Ihrer Erzählung wurde sofort in der Küche Pause gemacht.«

»Das war vorsichtig!« rief der alte Herr.

Und beim dreiunddreißigsten Gericht sagte er zur Gräfin Clarissa ganz leise, daß es Niemand weiter hörte:

»Morgen nachmittag um fünf Uhr bist Du im Café Josty, nicht wahr?«

»Ja!« sagte die Gräfin.

Und nach dem Diner sagte der Baron zum alten Grafen Adolf vom Rabenstein:

»Könntest Du mich morgen vormittag um zwölf Uhr in meinem Hotel am Alexanderplatz besuchen?«

»Ja!« sagte der Graf.

Und danach brachte man dem alten Baron von Münchhausen unsäglich viele Ovationen, und er sprach dabei mit allen Gästen und fuhr erst nach zwölf Uhr nachts wieder davon.

Es war eine finstere Nacht, und das Automobil des Barons mußte sehr langsam fahren, sodaß er erst sehr spät auf dem Alexanderplatz zu Berlin anlangte.

Aber der Baron war in seinem Hotel in so guter Stimmung, daß er vor dem Schlafengehen noch einen Brief an die alte Gräfin Adolfine vom Rabenstein schrieb; den Brief packte er sorgfältig in seine umfangreiche Brieftasche.

Das Nachspiel

Am darauffolgenden Montag, dem dreiundzwanzigsten Januar des Jahres eintausendneunhundertundfünf, war der Graf Adolf vom Rabenstein pünktlich um zwölf Uhr vormittags in Berlin in Münchhausens Hotel am Alexanderplatz.

Münchhausen kam dem Grafen im Lesezimmer des Hotels lachend entgegen und sagte gleich:

»Adolf, weißt Du, weswegen ich heute noch mal mit Dir sprechen wollte?«

»Nein!« versetzte der Graf.

»Ich wollte«, fuhr nun der alte Münchhausen lebhaft fort, »heute nachmittag mit Deiner Tochter ›durchgehen‹ und – und daher hatte ich das Bedürfnis, noch vorher in dieser Angelegenheit mit Clarissas Vater Rücksprache zu nehmen.«

»Welche Umstände!« rief der Graf lachend, »denkst Du denn, ich werde meiner Tochter, wenn sie verrosteten europäischen Anschauungen vor den Kopf stoßen will, irgendwie hinderlich in den Weg treten? Lieber Münch, es tut mir doch sehr leid, daß Du mich für einen alten Komödienvater gehalten hast; Du hättest mich doch für ernster halten sollen.«

Da sagte der Baron:

»Adolf, laß Dich umarmen!«

Und sie umarmten sich.

Als das Lesezimmermädchen diese Umarmung sah, reckte sie die Hände zum Himmel empor und flüsterte mit großen Augen:

»Diese alten Herren!«

Als diese das hörten, lachten sie aus vollem Halse und ließen sich gleich ein Frühstück bringen.

»Wie denkst Du denn«, fragte der Baron den Grafen beim ersten Glase, »über eine Heirat? Würdest Du etwas dagegen haben, wenn wir uns – das heißt: Clarissa und ich – wenn wir uns im Jahre 1919 ›verloben‹ würden?«

»Ja«, erwiderte Adolf, »wenn Du mir versprichst, im Jahre 1991 Hochzeit zu machen – dann bin ich mit der Verlobung im Jahre 1919 vollkommen einverstanden.«

Der Baron nickte.

Und dann war das, was der Eine sagte, immer das, was der Andre auch sagen wollte.

Schließlich sagte der Münch:

»Wenn ich mich mit Deiner Tochter immer ebenso leicht verständige wie mit Dir heute – so wird das ein prächtiges Zusammenleben werden.«

Der Graf vom Rabenstein runzelte bei diesen Worten die Stirne und entgegnete:

»Ich habe meine Tochter mit einer so vorzüglichen Erziehung bedacht, daß es mir sehr schmerzhaft ist, wenn der Baron Münchhausen meint, er könnte sich mit meiner Tochter jemals nicht so leicht verständigen wie mit mir.«

»Adolf«, rief der Baron, »zürne mir nicht; das halt ich nicht aus. Ich glaube ja an den Verstand Deiner Tochter in jeder Hinsicht.«

Darauf umarmten sich die Beiden nochmals und fuhren darauf in Münchhausens Automobil zum Anhalter Bahnhof.

Hier stieg der Graf aus; der empfing noch Münchhausens Brief an die Gräfin Adolfine.

Der Baron fuhr zu Josty und kam dort um fünf Uhr nachmittags an.

Der Graf Adolf öffnete den Brief an seine Gattin und las.

Hochverehrte liebe Adolfine!

Wenn dieses Schreiben in Deine Hände gelangt, so wird Dir schon bekannt sein, daß ich mit Deiner Tochter durchgehe. Du wirst natürlich mit Erstaunen fragen: warum geht der Baron nicht mit mir durch? Für den Baron bin ich doch nicht zu alt – während meine Tochter zweifellos zu jung für ihn ist. Wenn Du so sprächest, liebe hochverehrte Adolfine, so müßte ich Dir wohl Recht geben – aber ich müßte Dir gleich danach erklären, daß es nicht den geringsten Wert hätte, wenn ich mit Dir durchginge; das würde doch keinen Effekt machen. Wenn ich aber mit Deiner Tochter durchgehe, so wirkt das ohne Weiteres *skandalös* – und das Skandalöse macht Effekt. Darum bitte ich um Deinen Segen! Wir hoffen, daß es uns gelingen wird, durch unser skandalöses Vor- und Durchgehen den Grundmauern des europäischen Gesellschaftslebens einen ordentlichen Knacks beizubringen. Tu bitte das Deinige, daß unser Verfahren an die Öffentlichkeit kommt, damit sich alle diejenigen, die die hohe Melbourne-Kunst niemals begreifen werden, sich recht bald mausetot ärgern können.

Ich grüße Dich und küsse in Gedanken voll Ehrfurcht Deine alten beiden Hände und bin im Diesseits und im Jenseits für immer

Dein alter *Münchhausen.*

Die Gräfin Clarissa saß um fünf Uhr schon bei Josty und trank wieder Grätzer Bier.

Der Baron tat das, als er angekommen war, gleich ebenfalls.

Und dann fuhren die Beiden zum Anhalter Bahnhof und lösten allda zwei Billets nach Wien.

Fünf Minuten vor Abfahrt des Zuges kam der alte Graf Adolf vom Rabenstein auf den Bahnhof und rief seiner Tochter lachend zu:

»Liebe Clarissa, Du hättest mir doch mitteilen können, daß Du heute mit dem Baron zusammen ausreißen willst; hast Du denn gar kein Vertrauen zu Deinem Vater?«

Die Clarissa entschuldigte sich, empfing noch von ihrem guten Vater hundert Tausendmarkscheine und sagte:

»Glücklich ist die Tochter, die heute einen guten Vater hat; ein guter Vater ist in diesen stumpfsinnigen Zeiten garnicht hoch genug zu schätzen.«

Dann aber rief die Clarissa zum Baron gewandt plötzlich sehr heftig:

»Münch, Du scheinst uns verraten zu haben; wie kommt es, daß der Vater von unsrer Abfahrt weiß?«

Münchhausen lachte und sagte:

»Du sagtest doch, daß Dein Vater stets mit Deinen Handlungen einverstanden sei. War das etwa gelogen? Alles kann ich vertragen – nur das Lügen nicht!«

Das sagte die junge Gräfin:

»Ich lüge nie; es war, wie ich sagte.«

»Demnach«, rief der Baron, »darfst Du nicht von ›Verrat‹ sprechen!«

»Ich bitte Dich um Verzeihung«, stotterte die Clarissa, »ich nehme Alles zurück.«

»Ich aber«, rief nun die alte Gräfin Adolfine vom Rabenstein, die jetzt ebenfalls plötzlich auf der Bildfläche erschien, »nehme meine Tochter unter keinen Umständen mehr zurück. Münchhausen, Du kannst meine Tochter behalten für alle Zeiten; ich freue mich, daß meine Tochter endlich *ihren* Mann gefunden hat.«

»Einen alten Herrn«, rief nun die Tochter heftig, »der nicht mehr und nicht weniger als einhundertundachtzig Jahre alt ist, nennst Du meinen Mann?«

Da lachten die Bahnbeamten und baten die Reisenden, sofort einzusteigen.

Und im Coupéfenster sagte die Clarissa zu ihren Eltern:

»Papa und Mama, Ihr dürft von uns lauter schlechte Geschichten erzählen, aber daß wir – Münch und ich – ein Liebespaar sind, das dürft Ihr nicht sagen; das wäre zu lächerlich.«

Da stiegen Adolf und Adolfine in den Wagen, umarmten ihre Tochter und den Baron – und stiegen dann mit Tränen auf den Wangen, die lächelten, wieder ab.

Und dann fuhr der Zug mit Münchhausen und Clarissa nach Wien.

Der Graf Adolf sagte, als er mit seiner Gattin den Bahnhof verließ:

»Wie leicht ist es heute, einen Witz zu reißen, der mehrere Jahre hindurch nicht zu zerreißen ist! O du glückliches Zeitalter!«

Die Clarissa aß Bonbons währenddem.

Die Clarissa war in Wien sehr überrascht, als sie bemerkte, daß es Niemand anstößig fand, wenn sie sagte, daß sie mit dem alten Baron Münchhausen ›durchgegangen‹ sei.

»Das hätten wir ebenso gemacht!« sagten alle Damen. Und alle Herren stimmten dem immer bei und fanden garnichts an der Sache; es kam ihnen Allen die Geschichte so schrecklich natürlich vor.

Darüber war natürlich die Clarissa mächtig traurig.

Aber der Baron tröstete sie und sagte:

»Wir müssen alles Ungemach im menschlichen Leben mit Humor ertragen; es hat auch jedenfalls eine angenehme Seite, daß wir nicht für ›unverheiratet‹ gehalten werden.«

»Die wäre?« fragte die Clarissa.

»Die – die«, erwiderte der alte Münchhausen, »die Hotelrechnungen werden dadurch so maßvoll gemacht.«

Nun erzählte die Clarissa überall alles das, was sie vom Baron gehört hatte; das fiel ihr nicht schwer, da sie einen Stenographen für die Baronswoche engagiert hatte.

Aber das Verständnis für die Melbourne-Kunst war bei allen Zuhörern und Zuhörerinnen ein derartig minimales, daß sie zum Münchhausen voll Verzweiflung sagte:

»Münch, ich hoffte, Alles mit Dir zusammen umkrempeln zu können, aber nun krempelt sich mir nur das Herz im Leibe um, denn auf diesen ›brüllenden‹ Stumpfsinn war ich denn doch nicht gefaßt.«

»Tröste Dich«, versetzte Münchhausen, »es ist immer besser, daß uns die Leute ›garnicht‹ verstehen; wie leicht könnten sie uns ›mißverstehen‹ und uns für politische Revolutionäre halten und uns ins Gefängnis sperren lassen.«

»Wäre das möglich?« fragte die Clarissa.

»Na, natürlich«, versetzte der Baron.

Nun fuhren die Beiden von Stadt zu Stadt und von Land zu Land, und überall erklärte die Clarissa die köstliche Melbourne-Kunst.

Aber selbst die Künstler sagten:

»Wir möchten das ja so gerne entzückend finden. Aber wir verstehens doch nicht. Das geht uns zu weit. Wie gerne würden wirs begreifen wollen, wenn wirs nur könnten!«

Und das sagten Alle mit solchem Ernst und solchem Eifer, daß Münchhausen ganz gerührt wurde und schließlich überall erklärte:

»Na seid nur still! Mit der Zeit pflückt man Rosen! Wenn Ihr älter werdet, dann werdet Ihr die ›neue Kunst‹ schon begreifen. Seid nur still! Vielleicht werdet Ihr noch mal hundertundachtzig Jahre alt – dann habt Ihr die neue Kunst ganz bestimmt begriffen.«

Münchhausen hielt sich mit seiner Clarissa überall nicht lange auf – er fuhr immer sehr bald weiter – immer weiter – weiter ---

Über tredition

Eigenes Buch veröffentlichen

tredition wurde 2006 in Hamburg gegründet und hat seither mehrere tausend Buchtitel veröffentlicht. Autoren veröffentlichen in wenigen leichten Schritten gedruckte Bücher, e-Books und audio-Books. tredition hat das Ziel, die beste und fairste Veröffentlichungsmöglichkeit für Autoren zu bieten.

tredition wurde mit der Erkenntnis gegründet, dass nur etwa jedes 200. bei Verlagen eingereichte Manuskript veröffentlicht wird. Dabei hat jedes Buch seinen Markt, also seine Leser. tredition sorgt dafür, dass für jedes Buch die Leserschaft auch erreicht wird.

Im einzigartigen Literatur-Netzwerk von tredition bieten zahlreiche Literatur-Partner (das sind Lektoren, Übersetzer, Hörbuchsprecher und Illustratoren) ihre Dienstleistung an, um Manuskripte zu verbessern oder die Vielfalt zu erhöhen. Autoren vereinbaren direkt mit den Literatur-Partnern die Konditionen ihrer Zusammenarbeit und partizipieren gemeinsam am Erfolg des Buches.

Das gesamte Verlagsprogramm von tredition ist bei allen stationären Buchhandlungen und Online-Buchhändlern wie z. B. Amazon erhältlich. e-Books stehen bei den führenden Online-Portalen (z. B. iBookstore von Apple oder Kindle von Amazon) zum Verkauf.

Einfach leicht ein Buch veröffentlichen: **www.tredition.de**

Eigene Buchreihe oder eigenen Verlag gründen

Seit 2009 bietet tredition sein Verlagskonzept auch als sogenanntes "White-Label" an. Das bedeutet, dass andere Unternehmen, Institutionen und Personen risikofrei und unkompliziert selbst zum Herausgeber von Büchern und Buchreihen unter eigener Marke werden können. tredition übernimmt dabei das komplette Herstellungs- und Distributionsrisiko.

Zahlreiche Zeitschriften-, Zeitungs- und Buchverlage, Universitäten, Forschungseinrichtungen u.v.m. nutzen diese Dienstleistung von tredition, um unter eigener Marke ohne Risiko Bücher zu verlegen.

Alle Informationen im Internet: **www.tredition.de/fuer-verlage**

tredition wurde mit mehreren Innovationspreisen ausgezeichnet, u. a. mit dem Webfuture Award und dem Innovationspreis der Buch Digitale.

tredition ist Mitglied im Börsenverein des Deutschen Buchhandels.

Dieses Werk elektronisch lesen

Dieses Werk ist Teil der Gutenberg-DE Edition DVD. Diese enthält das komplette Archiv des Projekt Gutenberg-DE. Die DVD ist im Internet erhältlich auf **http://gutenbergshop.abc.de**

Zeitfracht Medien GmbH
Ferdinand-Jühlke-Straße 7
99095 Erfurt, Deutschland
produktsicherheit@kolibri360.de